EDIÇÕES BESTBOLSO

*35 noites de paixão*

Dalton Trevisan nasceu em Curitiba. Entre 1946 e 1948 editou a revista *Joaquim*. A publicação tornou-se porta-voz de uma geração de escritores, críticos e poetas, e reuniu ensaios assinados por Antonio Cândido, Mário de Andrade e Otto Maria Carpeaux, além de poemas até então inéditos, como "O caso do vestido", de Carlos Drummond de Andrade. Em 1959, Trevisan publicou *Novelas nada exemplares*, livro que reunia a produção de duas décadas, e foi contemplado com o Prêmio Jabuti da Câmara Brasileira do Livro. O autor publicou apenas um romance, *A polaquinha*, e tem se dedicado ao conto durante toda sua carreira literária. Em 1996, recebeu o Prêmio Ministério da Cultura de Literatura pelo conjunto de sua obra. Em 2003, Dalton Trevisan dividiu com Bernardo Carvalho o primeiro lugar do Prêmio Portugal Telecom de Literatura Brasileira, com o livro *Pico na veia*. Suas obras foram traduzidas para diversos idiomas.

# DALTON TREVISAN

# 35
# noites de paixão
## contos escolhidos

RIO DE JANEIRO – 2009

CIP-BRASIL. CATALOGAÇÃO-NA-FONTE
SINDICATO NACIONAL DOS EDITORES DE LIVROS, RJ

Trevisan, Dalton, 1925-
T739t     35 noites de paixão: contos escolhidos / Dalton Trevisan –
Rio de Janeiro: BestBolso, 2009.

ISBN 978-85-7799-161-7

1. Conto brasileiro. I. Título.

CDD: 869.93
09-2527                                                    CDU: 821.134.3(81)-3

*35 noites de paixão: contos escolhidos*, de autoria de Dalton Trevisan.
Título número 123 das Edições BestBolso.
Primeira edição impressa em agosto de 2009.
Texto revisado conforme o Acordo Ortográfico da Língua Portuguesa.

Copyright © 2005, 2009 by Dalton Trevisan.

www.edicoesbestbolso.com.br

**Nota do editor:** Os contos publicados neste livro foram originalmente
reunidos em *33 contos escolhidos* (Rio de Janeiro, Editora Record, 2005).
Para esta edição de bolso o autor incluiu mais dois contos: "O perdedor"
e "Feliz Natal".

Design de capa: Tita Nigrí com foto de Frans Jansen intitulada "Nude
Woman Close-up Detail" (Getty Images).

Todos os direitos reservados. Proibida a reprodução, no todo ou em parte,
sem autorização prévia por escrito da editora, sejam quais forem os
meios empregados.

Direitos exclusivos de publicação em língua portuguesa para o Brasil
em formato bolso adquiridos pelas Edições BestBolso um selo da
Editora Best Seller Ltda. Rua Argentina 171 – 20921-380 – Rio de Janeiro,
RJ – Tel.: 2585-2000

Impresso no Brasil

ISBN 978-85-7799-161-7

# Sumário

1. Boa noite, senhor     7
2. Penélope     9
3. Cemitério de elefantes     14
4. Uma vela para Dario     17
5. A noite da Paixão     19
6. Vozes do retrato     26
7. O senhor meu marido     31
8. Trinta e sete noites de paixão     34
9. O maior tarado da cidade     38
10. A doce inimiga     42
11. Última corrida de touros em Curitiba     45
12. Peruca loira e botinha preta     48
13. A faca no coração     51
14. Esta noite nunca mais     53
15. Uma coroa para Ritinha     60
16. Mister Curitiba     66
17. O despertar do boêmio     71
18. O marido das sete irmãs     79
19. O barquinho bêbado     82
20. O quinto cavaleiro do Apocalipse     87
21. Uma negrinha acenando     102
22. O grande deflorador     104
23. Visita de pêsames     108
24. Lincha tarado, lincha     114

| | |
|---|---|
| 25. Minha vez, cara | 121 |
| 26. O afogado | 125 |
| 27. As vozes | 129 |
| 28. A casa das quatro meninas | 131 |
| 29. Fatal | 133 |
| 30. O menino do natal | 135 |
| 31. Capitu sou eu | 142 |
| 32. O estripador | 149 |
| 33. Rita Ritinha Ritona | 154 |
| 34. O perdedor | 161 |
| 35. Feliz Natal | 162 |

# 1
## Boa noite, senhor

Ele me esperava à saída do baile. Parado na esquina, retocou as pontas da gravata-borboleta. Ainda de longe, magrinho, idade incerta, sorria para mim.

– Boa noite.

– Boa noite, senhor.

Andando a meu lado, disse que me viu dançar com a loira. Ele a achava linda, com sua boca pintada. Respondi que a odiava. Ele disse que sofreu muito com as mulheres – um puxão raivoso na gravatinha azul. Da própria mulher, casado e com filho, não queria saber.

Falava tanto e tão depressa, a voz pastosa de saliva. Acendi um cigarro – não é que os dedos tremiam? Perguntou se ela me provocara, mas não respondi. Compreendia muito bem, a mulher sem piedade enlouquece um pobre moço. Capaz de matar a loira de olho pérfido.

– Ainda bem não tenho olho verde!

Piscou um olho de cada vez. Eu não sabia nada do mundo, ele disse, a cada palavra a voz mais rouca. Intrigava gentilmente os plátanos, a loira, a maldita lua no céu. Uma baba de lesma no dente de ouro... Não falava da loira, de mim ou dele – e como se eu soubesse de quem. Perto da igreja o guincho aflito dos morcegos.

Ele perguntou a hora. Eu não tinha relógio. Parados na esquina, injuriou ainda mais a loira, que tinha boca pintada, promessa de delícias loucas, mas seu olhar era frio, seu loiro 7 coração era amargo. Sabia de outras bocas, a sua, por exemplo, rainha do maior gozo. Molhou o lábio com a ponta da língua vermelha – no canto a espuma do agonizante. Se eu nunca o vira, havia muito que esperava. Tudo sabia de mim, quem eu era:

– A um menino bonito ofereço o trono do mundo.

Até dinheiro, ele disse, tesouros que eu não ganhava de nenhuma loira. Protestei que ela não merecia ódio, moça de boa família.

Olhou o relógio no pulso: três horas da manhã.

– Boa noite, senhor.

Sem responder, subiu as mãos trêmulas ao nó da minha gravata – dois ratos de focinhos quentes e úmidos.

– Tem cabelo no peito!

Na ponta dos dedos o cuidado reverente de quem consagra o cálice.

– Ora, quem não...

Seus olhos se abriam para a lua, eu podia jurar que verdes.

– Como é forte!

Meu Deus, aquele riso... Gritinhos de morcego velho e cego. Falando do vento que anunciava chuva, ensaiou um gesto – o gesto da loira! A ponta da língua se mexia, um papel debaixo da porta.

– Não tem medo?

Um gato saltou do muro. Espiei do gato para o homem e a rua deserta: ajoelhado na adoração da lua.

Passos de criança perdida, gotas de chuva estalavam nas folhas.

– Boa noite, boa noite, boa noite.

Chorava o dente de ouro, as lágrimas riscavam as velhas rugas. Escondeu-as na mão – o relógio faiscando no pulso.

– O meu presente?

Ele olhou o relógio.

– De estimação. Lembrança de minha mãe.

As folhas úmidas brilhavam na calçada. Todas as árvores pingavam a duas portas de casa.

– Melhor que...

Não ficava bem dar senhorio.

...volte daqui.

Quis me pegar na mão e guardei-a no bolso.

– Mais um pouco – ele pediu.

Todas as árvores gotejavam. Ali na porta de casa – o relógio na palma da mão. Ele me perguntou a hora.

# 2
## Penélope

Naquela rua mora um casal de velhos. A mulher espera o marido na varanda, tricoteia em sua cadeira de balanço. Quando ele chega ao portão, ela está de pé, agulhas cruzadas na cestinha. Ele atravessa o pequeno jardim e, no limiar da porta, beija-a de olho fechado.

Sempre juntos, a lidar no quintal, ele entre as couves, ela no canteiro de malvas. Pela janela da cozinha, os vizinhos podem ver que o marido enxuga a louça. No sábado, saem a passeio, ela, gorda, de olhos azuis, e ele, magro, de preto. No verão, a mulher usa um vestido branco fora de moda; ele ainda de preto. Mistério a sua vida; sabe-se vagamente, anos atrás, um desastre, os filhos mortos. Desertando casa, túmulo, bicho, os velhos mudam-se para Curitiba.

Só os dois, sem cachorro, gato, passarinho. Por vezes, na ausência do marido, ela traz um osso ao cão vagabundo que cheira o portão. Engorda uma galinha, logo se enternece, incapaz de matá-la. O homem desmancha o galinheiro e, no lugar, ergue-se cacto feroz. Arranca a única roseira no canto do jardim. Nem a uma rosa concede o seu resto de amor.

Além do sábado, não saem de casa, o velho fumando cachimbo, a velha trançando agulhas. Até o dia em que, abrindo a porta, de volta do passeio, acham a seus pés uma carta. Ninguém lhes escreve, parente ou amigo no mundo. O envelope azul, sem endereço. A mulher propõe queimá-lo, já sofridos demais. Pessoa alguma lhes pode fazer mal, ele responde.

Não queima a carta, esquecida na mesa. Sentam-se sob o abajur da sala, ela com o tricô, ele com o jornal. A dona baixa a cabeça, morde uma agulha, com a outra conta os pontos e, olhar perdido, reconta a linha. O homem, jornal dobrado no joelho, lê duas vezes cada frase. O cachimbo apaga, não o acende, ouvindo o seco bater das agulhas. Abre enfim a carta. Duas palavras, em letra recortada de jornal. Nada mais, data ou assinatura. Estende o papel à mulher que, depois de ler, olha-o. Ela se põe de pé, a carta na ponta dos dedos.

– Que vai fazer?

– Queimar.

Não, ele acode. Enfia o bilhete no envelope, guarda no bolso. Ergue a toalhinha caída no chão e prossegue a leitura do jornal.

A dona recolhe na cestinha o fio e as agulhas.

– Não ligue, minha velha. Uma carta jogada em todas as portas.

O canto das sereias chega ao coração do velho? Esquece o papel no bolso, outra semana passa. No sábado, antes de abrir a porta, sabe da carta à espera. A mulher pisa-a, fingindo que não vê. Ele a apanha e mete no bolso.

Ombros curvados, contando a mesma linha, ela pergunta:

– Não vai ler?

Por cima do jornal admira a cabeça querida, sem cabelo branco, os olhos que, apesar dos anos, azuis como no primeiro dia.

– Já sei o que diz.

– Por que não queima?

É um jogo, e exibe a carta: nenhum endereço. Abre-a, duas palavras recortadas. Sopra o envelope, sacode-o sobre o tapete, mais nada. Coleciona-a com a outra e, ao dobrar o jornal, a amiga desmancha um ponto errado na toalhinha.

Acorda no meio da noite, salta da cama, vai olhar à janela. Afasta a cortina, ali na sombra um vulto de homem. Mão crispada, até o outro ir-se embora.

Sábado seguinte, durante o passeio, lhe ocorre: só ele recebe a carta? Pode ser engano, não tem direção. Ao menos citasse nome, data, um lugar. Range a porta, lá está: azul. No bolso com as outras, abre o jornal. Voltando as folhas, surpreende o rosto debruçado sobre as agulhas. Toalhinha difícil, trabalhada havia meses. Recorda a legenda de Penélope, que desfaz de noite, à luz do archote, as linhas acabadas no dia e assim ganha tempo de seus pretendentes. Cala-se no meio da história: ao marido ausente enganou Penélope? Para quem trançava a mortalha? Continuou a lida nas agulhas após o regresso de Ulisses?

No banheiro fecha a porta, rompe o envelope. Duas palavras... Imagina um plano: guarda a carta e dentro dela um fio de cabelo. Pendura o paletó no cabide, o papel visível no bolso. A mulher deixa na soleira a garrafa de leite, ele vai-se deitar. Pela manhã examina o envelope: parece intacto, no mesmo lugar. Esquadrinha-o em busca do cabelo branco – não achou.

*11*

Desde a rua vigia os passos da mulher dentro de casa. Ela vai encontrá-lo no portão – no olho o reflexo da gravata do outro. Ah, erguer-lhe o cabelo da nuca, se não tem sinais de dente... Na ausência dela, abre o guarda-roupa, enterra a cabeça nos vestidos. Atrás da cortina espiona os tipos que cruzam a calçada. Conhece o leiteiro e o padeiro, moços, de sorrisos falsos.

Reconstitui os gestos da amiga: pó nos móveis, a terra nos vasos de violetas úmida ou seca... Pela toalhinha marca o tempo. Sabe quantas linhas a mulher tricoteia e quando, errando o ponto, deve desmanchá-lo, antes mesmo de contar na ponta da agulha.

Sem prova contra ela, nunca revelou o fim de Penélope. Enquanto lê, observa o rosto na sombra do abajur. Ao ouvir passos, esgueirando-se na ponta dos pés, espreita à janela: a cortina machucada pela mão raivosa.

Afinal compra um revólver.

– Oh, meu Deus... Para quê? – espanta-se a companheira.

Ele refere o número de ladrões na cidade. Exige conta de antigos presentes. Não fará toalhinhas para o amante vender? No serão, o jornal aberto no joelho, vigia a mulher – o rosto, o vestido – atrás da marca do outro: ela erra o ponto, tem de desmanchar a linha.

Aguarda-o na varanda. Se não a conhecesse, ele passa diante da casa. Na volta, sente os cheiros no ar, corre o dedo sobre os móveis, apalpa a terra das violetas – sabe onde está a mulher.

De madrugada acorda, o travesseiro ainda quente da outra cabeça. Sob a porta, uma luz na sala. Faz o seu tricô, sempre a toalhinha. É Penélope a desfazer na noite o trabalho de mais um dia?

Erguendo os olhos, a mulher dá com o revólver. Batem as agulhas, sem fio. Jamais soube por que a poupou. Assim que se deitam, ele cai em sono profundo.

Havia um primo no passado... Jura em vão a amiga: o primo aos 11 anos morto de tifo. No serão ele retira as cartas do bolso – são muitas, uma de cada sábado – e lê, entre dentes, uma por uma.

Por que não em casa no sábado, atrás da cortina, dar de cara com o maldito? Não, sente falta do bilhete. A correspondência entre o primo e ele, o corno manso; um jogo, onde no fim o vencedor. Um dia tudo o outro revelará, forçoso não interrompê-la.

No portão dá o braço à companheira, não se falam durante o passeio, sem parar diante das vitrines. De regresso, apanha o envelope e, antes de abri-lo, anda com ele pela casa. Em seguida esconde um cabelo na dobra, deixa-o na mesa.

Acha sempre o cabelo, nunca mais a mulher decifrou as duas palavras. Ou – ele se pergunta, com nova ruga na testa – descobriu a arte de ler sem desmanchar a teia?

Uma tarde abre a porta e aspira o ar. Desliza o dedo sobre os móveis: pó. Tateia a terra dos vasos: seca. Direto ao quarto de janelas fechadas e acende a luz. A velha ali na cama, revólver na mão, vestido branco ensanguentado. Deixa-a de olho aberto.

Piedade não sente, foi justo. A polícia o manda em paz, longe de casa à hora do suicídio. Quando sai o enterro, comentam os vizinhos a sua dor profunda, não chora. Segurando uma alça do caixão, ajuda a baixá-lo na sepultura; antes de o coveiro acabar de cobri-lo, vai-se embora.

Entra na sala, vê a toalhinha na mesa – a toalhinha de tricô. Penélope havia concluído a obra, era a própria mortalha que tecia – o marido em casa.

Acende o abajur de franja verde. Sobre a poltrona, as agulhas cruzadas na cestinha. É sábado, sim. Pessoa alguma lhe pode fazer mal. A mulher pagou pelo crime. Ou – de repente o alarido no peito – acaso inocente? A carta jogada sob outras portas... Por engano na sua.

Um meio de saber, envelhecerá tranquilo. A ele destinadas, não virão, com a mulher morta, nunca mais. Aquela foi a última – o outro havia tremido ao encontrar porta e janela abertas. Teria visto o carro funerário no portão. Acompanhado, ninguém sabe, o enterro. Um dos que o acotovelaram ao ser descido o caixão – uma pocinha d'água no fundo da cova.

Sai de casa, como todo sábado. O braço dobrado, hábito de dá-lo à amiga em tantos anos. Diante da vitrine com vestidos, alguns brancos, o peso da mão dela. Sorri desdenhoso da sua vaidade, ainda morta...

Os dois degraus da varanda – "Fui justo", repete, "fui justo" –, com mão firme gira a chave. Abre a porta, pisa na carta e, sentando-se na poltrona, lê o jornal em voz alta para não ouvir os gritos do silêncio.

# 3
## Cemitério de elefantes

À margem esquerda do rio Belém, nos fundos do mercado de peixe, ergue-se o velho ingazeiro – ali os bêbados são felizes. Curitiba os considera animais sagrados, provê as suas necessidades de cachaça e pirão. No trivial contentam-se com as sobras do mercado.

Quando ronca a barriga, a ponto de perturbar a sesta, saem do abrigo e, arrastando os pesados pés, atiram-se à luta pela vida. Enterram-se no mangue até os joelhos na caça ao caranguejo ou, tromba vermelha no ar, espiam a queda dos ingás maduros.

Elefantes malferidos, coçam as perebas, sem nenhuma queixa, escarrapachados sobre as raízes que servem de cama e cadeira. Bebem e beliscam pedacinhos de peixe. Cada um tem o seu lugar, gentilmente avisam:

— Não use a raiz do Pedro.

— Foi embora, sabia não?

— Aqui há pouco...

— Sentiu que ia se apagar e caiu fora. Eu gritei: *Vai na frente, Pedro, deixa a porta aberta.*

À flor do lodo borbulha o mangue – os passos de um gigante perdido? João dispõe no braseiro o peixe embrulhado em folha de bananeira.

— O Cai-n'Água trouxe as minhocas?

— Sabia não?

— Agora mesmo ele...

— Entregou a lata e disse: *Jonas, vai dar pescadinha da boa.*

Lá do sulfuroso Barigui rasteja um elefante moribundo.

— Amigo, venha com a gente.

Uma raiz no ingazeiro, o rabo de peixe, a caneca de pinga.

No silêncio o bzzz dos pernilongos assinala o posto de um e outro, assombrado com o farol piscando no alto do morro.

Distrai-se um deles a enterrar o dedo no tornozelo inchado. Puxando os pés de paquiderme, afasta-se entre adeuses em voz baixa – ninguém perturbe os dorminhocos. Esses, quando acordam, não perguntam aonde foi o ausente. E, se indagassem, para levar-lhe margaridas do banhado, quem saberia responder? A você o caminho se revela na hora da morte.

A viração da tarde assanha as varejeiras grudadas nos seus pés disformes. Nas folhas do ingazeiro reluzem lambaris prateados – ao eco da queda dos frutos os bêbados erguem-se com dificuldade e os disputam rolando no pó. O vencedor descasca o ingá, chupa de olho guloso a fava adocicada. Jamais correu sangue no cemitério, a faquinha na cinta é para descamar peixe. E, aos brigões, incapazes de se moverem, basta xingarem-se a distância.

Eles que suportam o delírio, a peste, o fel na língua, o mormaço, as câimbras de sangue, berram de ódio contra os pardais, que se aninham entre as folhas e, antes de dormir, lhes cospem na cabeça – o seu pipiar irrequieto envenena a modorra.

Da beira contemplam os pescadores mergulhando os remos.

– Um peixinho aí, compadre?

O pescador atira o peixe desprezado no fundo da canoa.

– Por que você bebe, Papa-Isca?

– Maldição de mãe, uai.

– O Chico não quer peixe?

– Tadinho, a barriga-d'água.

Sem pressa, aparta-se dos companheiros cochilando à margem, esquecidos de enfiar a minhoca no anzol.

Cospe na água o caroço preto do ingá, os outros não o interrogam: presas de marfim que apontam o caminho são as garrafas vazias. Chico perde-se no cemitério sagrado, as carcaças de pés grotescos surgindo ao luar.

# 4
## Uma vela para Dario

Dario vem apressado, guarda-chuva no braço esquerdo. Assim que dobra a esquina, diminui o passo até parar, encosta-se a uma parede. Por ela escorrega, senta-se na calçada, ainda úmida de chuva. Descansa na pedra o cachimbo.

Dois ou três passantes à sua volta indagam se não está bem. Dario abre a boca, move os lábios, não se ouve resposta. O senhor gordo, de branco, diz que deve sofrer de ataque.

Ele reclina-se mais um pouco, estendido na calçada, e o cachimbo apagou. O rapaz de bigode pede aos outros se afastem e o deixem respirar. Abre-lhe o paletó, o colarinho, a gravata e a cinta. Quando lhe tiram os sapatos, Dario rouqueja feio, bolhas de espuma surgem no canto da boca.

Cada pessoa que chega ergue-se na ponta dos pés, não o pode ver. Os moradores da rua conversam de uma porta a outra, as crianças de pijama acodem à janela. O senhor gordo repete que Dario sentou-se na calçada, soprando a fumaça do cachimbo, encostou o guarda-chuva na parede. Mas não se vê guarda-chuva ou cachimbo a seu lado.

A velhinha de cabeça grisalha grita que ele está morrendo. Um grupo o arrasta para o táxi da esquina. Já no carro a metade do corpo, protesta o motorista: quem pagará a corrida? Concordam chamar a ambulância. Dario conduzido de volta e recostado à parede – não tem os sapatos nem o alfinete de pérola na gravata.

Alguém informa da farmácia na outra rua. Não carregam Dario além da esquina; a farmácia no fim do quarteirão e, além do mais, muito peso. É largado na porta de uma peixaria. Enxame de moscas lhe cobrem o rosto, sem que faça um gesto para espantá-las.

Ocupado o café próximo pelas pessoas que apreciam o incidente e, agora, comendo e bebendo, gozam as delícias da noite. Dario em sossego e torto no degrau da peixaria, sem o relógio de pulso.

Um terceiro sugere lhe examinem os papéis, retirados – com vários objetos – de seus bolsos e alinhados sobre a camisa branca. Ficam sabendo do nome, idade, sinal de nascença. O endereço na carteira é de outra cidade.

Registra-se correria de uns 200 curiosos que, a essa hora, ocupam toda a rua e as calçadas: é a polícia. O carro negro investe na multidão. Várias pessoas tropeçam no corpo de Dario, pisoteado 17 vezes.

O guarda aproxima-se do cadáver, não pode identificá-lo – os bolsos vazios. Resta na mão esquerda a aliança de ouro, que ele próprio – quando vivo – só destacava molhando no sabonete. A polícia decide chamar o rabecão.

A última boca repete – *Ele morreu, ele morreu*. A gente começa a se dispersar. Dario levou duas horas para morrer, ninguém acreditava estivesse no fim. Agora, aos que alcançam vê-lo, todo o ar de um defunto.

Um senhor piedoso dobra o paletó de Dario para lhe apoiar a cabeça. Cruza as mãos no peito. Não consegue fechar olho nem boca, onde a espuma sumiu. Apenas um homem morto e a multidão se espalha, as mesas do café ficam vazias. Na janela alguns moradores com almofadas para descansar os cotovelos.

Um menino de cor e descalço vem com uma vela, que acende ao lado do cadáver. Parece morto há muitos anos, quase o retrato de um morto desbotado pela chuva.

Fecham-se uma a uma as janelas. Três horas depois, lá está Dario à espera do rabecão. A cabeça agora na pedra, sem o paletó. E o dedo sem a aliança. O toco de vela apaga-se às primeiras gotas da chuva, que volta a cair.


# 5
## A noite da Paixão

Nelsinho corria as ruas à caça da última fêmea. Nem uma dona em marcha vagabunda, os bares apagados.

Na estreita calçada esbarrou com dois vultos, depressa levou a mão ao bolso. Haviam-no apalpado com dedo indiscreto, não eram ladrões. Voltou-se e lá estavam, gesto lânguido, voz melíflua:

– Onde vai, bonitão?

Aqueles dois chamariam bonitão a qualquer bicho da noite. Dobrando a esquina, deu com a pracinha do bebedouro antigo – onde as mariposas?

A igreja quase deserta, imagens cobertas de pano roxo. Sem se persignar, Nelsinho avançou pela nave, o ranger da areia debaixo do sapato. Arriado de sua cruz, ali o velho Cristo, entre quatro círios acesos. No banco as megeras, véu preto e preta mantilha, olho à sombra da mão na testa. Uma prostrou-se no cimento, depositou beijo amoroso na chaga do pé.

Nelsinho escolheu a nota menor, deixou-a cair na bandeja. Espreitado pelas guardiãs ferozes do defunto, completou o giro, sovina de beijo. Observou a imagem pavorosa e reprimiu, não soluço de dor, engulho de náusea: Por tua culpa, Senhor, todos os bordéis fechados. Pomposa boneca de cachinho. Falas de sangue, ó Senhor, e não sangras – as viúvas nem espantavam as moscas na ferida aberta.

Escândalo das beatas, inclinou-se a visitante, saia preta, blusa verde, casaco vermelho. Cabeleira solta no ombro, cada gesto um estalo de couro, beijou o pé trespassado. Não olhou para Nelsinho; por mais que se ignorassem, eram os escolhidos. O herói atravessou o templo, deteve-se nos três degraus. Com a estiagem, brilhavam no largo abandonado as lisas pedras negras. A seu lado o furtivo farfalhar da courama. Fixando em frente, ele murmurou:

— Onde é que a gente vai?

— Ali na esquina.

Pequena pausa.

— Quanto tempo?

— O resto da vida, Madalena.

Desceram os degraus, a bela transferiu a bolsa para o ombro esquerdo, enfiou-lhe a destra no braço. Ele indicou um casarão decrépito:

— Sabe quem mora aqui? A grande paixão da minha vida — uma tal Marta. Casada com um bancário, Petrônio.

— Não fique triste, querido. Todinha do amor. Foi bem de Páscoa?

— De Páscoa ainda não fui.

— Ah, eu pensei... Não é hoje a Páscoa?

— Hoje é sexta-feira, minha flor. Que horas são?

— Quase onze.

— A própria noite da Paixão. Amanhã é Aleluia.

— Que a gente ganha ovos?

— Dia de malhar Judas. Porventura sou eu, Senhor?

Envergonhada, apertou-lhe o braço:

— É, sim, meu bem.

No fundo do corredor uma harpia nariguda atrás da mesa.

— Vão pousar?

Os quartos da frente reservados por meia hora.

– Meu tempo está no fim.

A velha pediu à dama de couro a revista, que repontava da bolsa, e apanhou no escaninho a chave número nove. Nelsinho estendeu uma nota para a bruxa, apoiou-se na escrivaninha. A revista disputada entre as duas até que, sem aviso, a patroa correu o tampo e prendeu-lhe o dedo.

– Machucou, bem? – acudiu a velha, jubilosa, revista na mão.

– Não – com uma careta de dor soprava a unha.

– Foi sem querer.

Entregou a chave à sua companheira e o troco para ele. Lá se foram os dois para o famoso quarto, a cama de casal encostada à parede. Ao canto, a bacia no tripé; debaixo dela, o jarro com água. Cabelo no olho, a mulher não se mexia.

– Que foi?

– Tão triste que podia morrer.

A patroa confiscara a fotonovela, nunca mais iria devolver.

– Devolve, sim.

– Não é a primeira vez.

Ele suspendeu-lhe o queixo. Escondia o rosto, até que o olhou e sorriu, amorosa. Com susto, descobriu que era banguela. Nem um dente entre os caninos superiores – terei de beber, ó Senhor, deste cálice?

Para esconder a perturbação foi fechar a porta. Mal se voltou, ela veio ao seu encontro, envolvendo-o em couro úmido e carne rançosa. Que será de mim, Deus do céu? Pobre consolo, imaginou a dona mais fabulosa na cama. Esperança de ganhar tempo:

– Não tem medo, minha filha?

– De você, querido?

– Castigo do céu. A noite santa. O amor é maldito.

– O perdão dos meus pecados. Lá na igreja.

– Não minta, vai para o inferno. Quantas vezes entrou e saiu da igreja? À caça de homem.

– Deus me livre!

Agarrou-lhe a cabeça:

– Tão mocinho! Lábio grosso de mulher... Beijar tua boca.

– Se fosse o diabo? Perder a sua alma?

– Conversa é essa? Não gostou de mim. É isso?

Olho frio e perverso que, a uma palavra indiscreta, se incendiaria de fúria. O herói acovardou-se – a salvação é apagar a luz.

Desvencilhou-se dela, sacou o paletó, sentou-se na cama. A tipa conchegou-se, repuxou-lhe a cabeça, entrou a mordê-lo: ali no pescoço a falha dos dentes.

– Te morder todinho.

– Faça isso não – suplicou, espavorido.

– Tirar sangue!

Montada nos seus joelhos, completamente vestida, os pinotes faziam estalar a cama.

– Tome e coma: isto é o meu corpo.

– Você é o amigo da Joana?

– Nem Joana nem Suzana.

– Então é meu.

Nelsinho abriu-se em sorrisos – eis o homem! Não quis perder o entusiasmo, pôs-se de pé. Abriu o laço da gravata. Ela puxou-o pela camisa e, à sua mercê, voltou a cavalgá-lo, sela nova rangendo. Ao retirar o casaco, a desgraçada fedia que era uma carniça. Inclinou-se sobre ele, o cadáver no caixão velado pela última carpideira.

– Teu corpinho feito para o amor?

– Esta noite, minha filha, o amor é pecado. Esta noite ele gera monstros.

– Tem a lábia do diabo.

– Tu o disseste – e entregou-se ao sacrifício.

– Quer que eu faça?

Agarrada a ele, sentados na cama, a saia acima do joelho, esfregava-lhe a perna grosseira e áspera.

– Que eu faça? – gritou terceira vez.

Na agonia do amor, sofresse até o último alento

– Faça tudo, querida.

– Tudo o quê?

– O que sabe.

Apressada, desabotoava-lhe a camisa. Riscou-lhe nas costas a unha afiada – a do mindinho mais longa. Antes que refletisse no mistério, a sua voz impaciente:

– Apago a luz?

Cheio de medo, pediu que não. Debaixo dela, debateu-se em desespero:

– Espere um pouco. Perdi a abotoadura.

Tirou a camisa, de calça e meia. Foi acariciar-lhe o seio. Espantou-se da expressão distante, já desinteressada da cerimônia.

– Não esqueceu?

– Ah... Não te paguei?

Alcançou no bolso da calça uma nota, que ela escondeu no casaco. Sem mais demora, livrou-se do suéter. A decisão dela contagiou-o: Faça-se o que deve ser feito.

Diante da penteadeira, a bela admirou a imagem grotesca do poder e da glória:

– Tiro tudo?

Desatava o nó do cadarço, ergueu a cabeça:

– Tudo.

Ele subiu na cama para não arrastar a calça no pó. A mulher dobrou uma perna, depois outra, safando-se da saia preta de couro – a coxa com nervura azul de varizes. Sentou-se para enrolar as meias. Deixou cair o sutiã. Foi deslumbrar-se no espelho, o seio na mão. Buscou ali o olhar de Nelsinho – depressa ele o desviou. A criatura deu volta à cama. Enroscou-se nele, as unhas pelo corpo, estremecendo-o todo. Enfiou-lhe a língua na orelha – Que se faça tua vontade, Senhor, e não a minha.

Ao vê-lo deitado, grudou-lhe a boca no peito, lambeu a maminha: Poxa, isso que é mulher! Desceu a cabeça, sempre a beijar e, na altura do umbigo, rincho obsceno. Aos beijos tornou ao pescoço, logo arrepiou caminho e, no umbigo, outra vez o relincho de satisfação. Preparando para o sacrifício, espargia no corpo o bálsamo aromático. Agora fazia-lhe cócega no pé, escondendo-o no longo cabelo. O focinho rapace farejava a prenda secreta.

– Não morda.

Naquele instante ela abocanhou o queixo. Só sentia a língua. Aos poucos babujava e titilava ao redor da pombinha do amor – vai morder?

– Pare! – resistiu com toda a força. – Não faça isso.

Ela voltou a sugar o queixo. O herói alerta ao vazio dos dentes. Aterrado, defendeu-se com a mão no pescoço. Súbito a mulher recuou a cabeça. Cobrou fôlego, veio de novo, fungando. Quis morder, ele não deixou. Suspensa nos braços, o cabelo arrastando na colcha, todinha nua. A sacolejar o estrado, esfregava-lhe no peito os seios volumosos. Também nu, de meia preta, o rosto lambuzado de mil beijos. Sem jamais colher a flor do desejo, ela urrou de frustração – cravou-lhe os caninos no pescoço. Nelsinho alçou-se nas mãos, com ela aferrada ao ombro.

– Tiro sangue.

– Agora chega.

– Você não escapa – e encarniçava-se na perseguição feroz.

Último alento, berrou espavorido:

– Tem água aí? – Mal se acreditou livre, suspirou com alívio. – Encharcado de suor.

A criatura jogou-lhe uma toalha. Trouxe o jarro com água, retirou uma bacia de baixo da cama. Ele deu-lhe as costas, esfregava as mãos no sudário viscoso, ouvia o chapinhar na bacia. Sentiu comichão no pé, o bicharoco pedia a toalha. Quando percebeu, instalada outra vez a seu lado. Pudera, reclamava o beijo.

– Estou perdido! – gemeu do fundo da alma.

Ela começou tudo de novo. Corria a unha na espinha, ele se retorcia inteiro. Pastava-lhe o pescoço, lambia o mamilo, com sopro e relincho.

– Pare com isso! – E ao ver-lhe a expressão medonha: – Mais devagar.

– Antes queria, não é?

Todos dormem, ninguém me acode: agora fecho os olhos e desmaio de tristeza.

– O galo cantou três vezes.

Emburrada, a mulher coçava as perebas. Não se passou um minuto, a deslizar-lhe a mão furtiva no peito, logo na barriga. Soergueu-se no cotovelo:

– O corpinho dele. Tão magro e branco. O do outro.

Apoderou-se da mão, dava-lhe mordida ligeira. Nelsinho sofria o oco dos dentes. Implacável, ela insistia no encalço da boca. Aos poucos abateu-lhe a resistência – Deus meu, Deus meu, por que me desamparaste?

Em cheio a ventosa obscena, ó esponja imunda de vinagre e fel. – Está consumado.

Um grito selvagem de triunfo, beijava-o possessa, olho aberto. Ele apertou a pálpebra, não ver a careta diabólica de gozo.

Cada um levantou-se de seu lado. Já vestido, abriu a porta, sem se despedir. A mulher não envergara a primeira peça de couro.

O relógio da torre anunciava o fim da agonia. Na rua deserta as badaladas terríveis rasgaram o silêncio de alto a baixo. Nelsinho suspendeu o passo, a terra fugia a seus pés:

— Sou inocente, meu Pai.

# 6
## Vozes do retrato

A voz na linha cruzada:

— É o Fabinho?

— Nada de Fabinho — e desliga, velho demais para trote.

Outra vez:

— Desculpe. É a voz do Fabinho.

Tão doce a inflexão, que ele muda de ideia:

— Me chamo João. E você?

— Eu? — Uma pausa. — Maria.

No meio da frase uma tossinha seca:

— Ai, essa tosse me mata.

— É tebê, minha filha.

— Deus me livre — e ri-se, alegre.

Ela telefona às dez da noite. Conversam até de madrugada; a moça liga disco, lê trecho do diário. Às vezes parece aflita:

— Estou tão nervosa.

– Que você tem, minha filha?

– Ai, tenho medo, João. Muito medo.

Tossica baixinho e cala-se de repente. Penalizado, sem poder ajudá-la. Noite seguinte a mesma doçura, fiozinho triste de voz. Entre acessos de tosse, evoca um filme, um quadro, um livro.

– Seu pequeno príncipe, minha filha, o maior dos chatos?

A garrafa de conhaque ao alcance da mão; entre resmungos, bebe no gargalo. Não contém uma praga e a voz trêmula olha-o com susto. Desculpa-se envergonhado: o mistério ataca-lhe os nervos. Tudo promete a fim de saber quem é – negra, velha, travesti. A voz nega-se a mais que o nome.

– Devo me operar – confessa uma noite. – Medo de doença ruim.

– Seja boba, menina. Sua voz é de quem vende saúde – e encabula de tamanha barbaridade.

Tanto João insiste, ela aceita o encontro.

– Como vou saber quem é? Alô?

Às cinco da tarde o nosso João lá na esquina. Espera mais de uma hora. Você vê Maria? Nem ele.

À noite ela revela que passou de carro, sem coragem de descer. Descreve o terno azul-marinho, a pinta de beleza abaixo da costeleta.

– Por que não parou?

– Se não gostasse de mim? Não quero perdê-lo.

– Eu aceito como é. Com um buraco no lugar do nariz. Por favor, não me atormente.

Com a bebida, de soturno um falastrão. Embriagado, pretende que ela esteja a seu lado, entrega-se aos beijos, suporta-lhe as carícias: a voz cala-se, mas não desliga.

– Desculpe, meu bem. Sou o último dos miseráveis. O pequeno príncipe dos calhordas, esse sou eu. Preciso vê-la. Pouco ligando seja tísica ou leprosa. Não posso mais. Quase louco. Não tem pena, ó Maria?

Promessa de segundo encontro: de novo não se dá a conhecer. Olha bem para o moço, acha-o bonitão, bigode feroz. Ele recebe pelo correio um rico estojo de barba. Outras lembranças, entregues por mensageiros que nada sabem informar: botelha de conhaque e, no seu aniversário, bolo recheado de nozes. Fala sem parar até duas da manhã, dorme de gravata no sofá e, a língua saburrosa, sofre de gastrite. Na noite em que discutem, aspira o lenço embebido no éter.

– Brincando comigo. Há meses tem me feito de bobo – e despede-se com palavrão.

Logo o telefone soa, a voz pausada de uma senhora:

– É a mãe de Maria. O senhor não deve se zangar. Soubesse o bem que tem feito... Ela se distrai, mais alegre. Minha filha, por que não convida esse moço a vir aqui? *Não quero, mãezinha*, ela responde, *que sinta pena de mim.*

– Quem é a senhora? Onde mora? Qual o seu nome?

A mãe desliga – ou Maria, que está à escuta? João faz mais de uma tentativa com a telefonista:

– Caiu a linha. Por favor, quer ligar de novo?

– Sinto muito, senhor. Nada posso.

Em delírio, chega a namorar uma telefonista depois outra, não descobre o número. Toda tosse na rua pode ser Maria. Certa feita ela acena que vai ao cine Curitiba. Bem barbeado, João desfila na porta. Entram duas mocinhas, uma faz sinal à outra. Mão fria, uma veia pulsando forte na testa, ele aguarda a saída. Desta vez não olham, as ingratas. Mal entra em casa, eis o telefone:

– Desculpe, querido. Não pude sair.

Com arte feiticeira consegue um retrato de João.

– Credo! Olhos fatais de D. Pedro I.

Só pode tê-lo obtido de antiga namorada. Lá se põe João à caça, sem resultado. Na cola de quanta velha e moça, feia de preferência, uma entrevada em cadeira de rodas, outra anã, uma corcundinha, outra zarolha. Uma nem outra é ela: basta ouvir a voz.

Ao referir Maria que, da sua janela, vê as árvores de uma pracinha, dedica-se ele noite após noite à ronda de todas as praças. Debaixo de cada janela iluminada, detém-se à espreita. O mais que alcança é ser interpelado pelo guarda-noturno.

Uma semana inteira de silêncio. Só dorme com o lenço de éter no rosto barbudo, olheira funda.

– Fui operada, meu bem.

– Santo Deus. Mas do quê?

– O joelho esquerdo... Não pergunte mais.

Já está melhor, comenta dois filmes, assiste a um baile, descreve o salão e os vestidos.

– Preciso desligar. Batem na porta.

Dali a minutos:

– Não há mais perigo.

– Quem era?

– O meu amante, bobinho.

Passam-se meses. Se ela sugere que, por falta de sol, as violetas murcham, o bastante para João ir namorar os vasos das janelas. Tanto ele suplica, insinua Maria: Quem sabe 19 anos? Morena de olho verde?

Não são vulgares as morenas de olho verde, a todas persegue João até a porta de casa. Comovida, ela remete pelo correio um retrato. Sem dedicatória, pelos anos amarelecido, é oval, como destacado de medalhão. João o exibe aos amigos em busca do menor indício.

– Parece retrato de defunta – observa um deles.

A sério ou de brincadeira, visita os cemitérios – de nenhum túmulo falta o retrato. Nem os traços apagados conferem com a descrição. O pobre moço sente-se perdido: a voz que some, frase mais longa sufocada pela tossinha pertinaz.

– Muito doente, querido. Uma viagem. Não sei se volto.

– Eu, sim, nas últimas. Drogado de amor. Não tem dó, sua maldita?

– Por favor. Me ajude, querido.

– Que é afinal? Câncer no joelho?

Ela ri, mocinha de caráter.

– Então é mesmo a tísica?

E rindo-se ainda, a coitadinha tosse.

Na Praça Tiradentes ele cruza com a moça, que sorri. Quem sabe parecida com o retrato, magra e pálida, quase bonita. Aborda-a sem cerimônia:

– Você é a Maria.

– Não o conheço. Nem me chamo Maria.

– Não disse que ia viajar?

– Me confundindo com outra pessoa – e tossica no lencinho.

João presta-se ao jogo e, vez por outra, indaga do célebre Fabinho. Alucinado de paixão – pela voz? pela moça? pelo retrato? –, pede-a em casamento. Se bem duvide da identidade, não é que o telefone silencia?

Um mês depois, ele fecha a mala. A mulher sai do quarto, elegante no costume azul de bolinha e luva de tricô. O táxi buzina sob a janela. No mesmo instante, eis o telefone.

– Eu atendo, querida. Alô?

– Meu amor? – Outra vez a tossinha seca. – Estou de volta.

A moça chama do corredor:
– Você não vem, João?
Sem responder, abate-se na cadeira, cobre o rosto com as mãos.

# 7
# O senhor meu marido

João era casado com Maria e moravam em barraco de duas peças no Juvevê; a rua de lama, ele não queria que a dona molhasse os pezinhos. O defeito de João ser bom demais – dava tudo o que ela pedia.

Garçom do Buraco do Tatu, trabalhava até horas mortas; uma noite voltou mais cedo, as duas filhas sozinhas, a menor com febre. João trouxe água com açúcar e, assim que ela dormiu, foi espreitar na esquina. Maria chegava abraçada a outro homem, despedia-se com beijo na boca. Investiu furioso, correu o amante. De joelho a mulher anunciou o fruto do ventre.

João era bom, era manso e Maria era única, para ele não havia outra: mudaram-se do Juvevê para o Boqueirão, onde nasceu a terceira filha. Chamavam-se novas Marias: da Luz, das Dores, da Graça. Com tantas Marias confiava João que a dona se emendasse. Não foi que a encontrou de quimono atirando beijos para um sargento da polícia?

Triste a volta para casa, surpreendeu o sargento sem túnica pulando a janela. Na ilusão de que Maria se arrependesse, com as economias e as gorjetas de mil noites em pé (ai! pobres pernas azuis de varizes) construiu bangalô no Prado Velho.

Maria, pecadora de alma, corpo e vida, não se redimia dos erros. João virava as costas, ela deixava as filhas com a vizinha e saía pintada de ouro. Amante do motorista do ônibus Prado Velho-Praça Tiradentes, subia gloriosamente pela porta da frente, sem pagar passagem.

Uma noite a casa foi apedrejada – a mulher do motorista se desforrava nas vidraças. Maria bateu nas filhas para que gritassem. Diante do escândalo, João vendeu com prejuízo o bangalô, mudou-se do Prado Velho para o Capanema.

Maria caiu de amores por um malandro de bigode fino e sapato marrom de biqueira branca. Não se incomodava de sair, recebia o fulano mesmo em casa. Era o célebre Candinho, das rodas alegres da noite, já deslumbrava as crianças com bala de mel e mágica de baralho.

João achou cueca de seda estendida no varal – o precioso monograma um C bem grande. Rasgou-a em tiras e chamou a cunhada para que acudisse a irmã. Ai dele, outra perdida. Candinho surgiu com parceiro, que namorava a cunhada feiosa. Maria preparava salgadinhos com batida gelada de maracujá. Fechadas no quarto, as meninas escutavam o riso debochado da mãe.

João não tinha sorte: voltou mais cedo, o amásio lá estava. Açulado pela dona, Candinho não fugiu, os dois a discutir. O marido agarrou a faca dentada de pão. Maria de braços abertos cobriu o amante. João reparou no volume da barriga, deixou cair a faca. Com dor no coração, dormiu na sala até o nascimento da quarta filha – outra Maria para desviar a mãe do mau caminho. Ela saiu da maternidade, abalaram-se do Capanema para o alto das Mercês.

Mulher não tem juízo, Maria de novo com o tal Candinho. Domingo, João em casa, ela inventava de comprar xarope para uma das filhas. O pobre exigia que levasse a mais velha. Lá se iam os três – a dona, o amante e a filha – comer franguinho no espeto. A menina, culpada diante do pai, só dormia de luz acesa, a escuridão cheia de diabinhos.

João suportou as maiores vergonhas em público e na presença das filhas. Quem disse que a fulana se corrigia? Magro que era, ficou esquelético, no duodeno uma chaga viva.

Recolheu a sogra, mudou-se das Mercês para a Água-Verde. Outra vez desfraldadas no arame uma camisa e uma cueca de inicial com florinha. Em desespero João expulsou a sogra. Exibiu a roupa à filha mais velha que se abraçou no pai: ela e as irmãs sozinhas até duas da manhã, enquanto a mãe passeava na rua. Apresentava-se com um senhor perfumado, que oferecia bala de mel. A mãe servia-lhe macarrão com vinho tinto e riam-se à vontade. Não dormia a menina a se lembrar do pai correndo por entre as mesas.

Antes que João se mudasse da Água-Verde para o Bigorrilho, Maria fugiu com o amante e deixou um recado preso em goma de mascar no espelho da penteadeira:

Sendo o senhor meu marido um manso sem-vergonha, logo venho buscar as meninas que são do meu sangue, você bem sabe que do teu não é, não passa de um estranho para elas e caso não fique bonzinho eu revelarei o seu verdadeiro pai, não só a elas como a todos do Buraco do Tatu, digo isso para deixar de ser nojento correndo atrás da minha saia, só desprezo o que eu sinto, para mim o senhor não é nada.

Dias mais tarde, Maria telefonou que fosse buscá-la, doente e com fome, abandonada pelo Candinho na pensão de mulheres. João era manso e Maria era única: não havia outra para ele. Foi encontrá-la na pensão, feridas feias em todo o corpo. Graças aos cuidados de João sarou depressa. Anúncio de que estava boa – no varal tremulou cueca de monograma diferente.

Sem conta são os bairros de Curitiba: João mudou-se para o Bacacheri. De lá para o Batel (nasceu mais uma filha, Maria Aparecida). Agora feliz numa casinha de madeira no Cristo-Rei.

# 8
## Trinta e sete noites de paixão

Primeira noite João fracassou. Em lágrimas que era rapaz virgem, o desastre de tanto amor. A noivinha dedicou-lhe toda a ternura – e nada. Também o amava, esperou que vencesse o bloqueio emocional. Até onde a inocência permitia, colaborou de todas as maneiras – e nada. Nem uma vez superou o moço a inibição. Falhou da primeira à última experiência, sem êxito a gemada com vinho branco. Um mês depois, João continuava donzel.

Juras de viverem os dois sempre virgens – e, mão dada, dormiam com a luz acesa. De repente, uma tentativa atrás da outra, disposto ao sacrifício da vida.

– Cuidado, meu bem – ralhou a moça, assustada. – Pode ter uma coisa.

Sentia o coração aflito de João a bater no seu próprio peito. Os trabalhos duravam horas, corpo lavado de suor.

Afogueado, a boca seca, João mergulhava a cara na água gelada da pia. Sem piedade examinou-se no espelho:

– Que desastre, meu velho! – e não podia sopitar os soluços. – Você é um fiasco.

Apenas essa vez chorou, depois o encanto quebrou-se. Entre caretas, o mais que conseguia era achar-se bonitão de olheiras fatais.

Propôs abordá-la na rua, a eterna desconhecida. Registrados em hotel suspeito – quase deu certo. Não tivesse ela esquecido de chamá-lo Doutor Paixão.

Assistiram a filme proibido, João lia na cama obra pornográfica (ao que ela se recusou, alegando princípio religioso), experimentou injeção afrodisíaca. Procurava-a, todo excitado, era impedido pela menor distração: a luz acesa, a luz apagada, uma batida na porta, o trino do canário, o rangido da cama, o pingo de uma torneira.

O adorável corpo nu da mulherinha e, deslumbrado, cerrava os olhos – em desespero a evocar o joelho da primeira professora, a nádega de certa negra, uma nesga de coxa muito branca da sogra. Buscou por todas as lojas de Curitiba o famoso anel mágico.

No cinema capaz de mil proezas, o seu comportamento tão inconveniente, foi advertido pelo guarda. Sem destino viajavam de ônibus, apertadinhos e de pé, por mais que houvesse banco vazio. Domingo em casa do sogro, após o almoço, surpreendido em plena sala de visita com o seio esquerdo de Maria na boca.

– Não posso entender – justificava-se perplexo. – Dois anos noivo mal dormia tão fogoso.

Longe, dotado da maior potência. Com a bem-querida nos braços, nada.

– Não consigo me concentrar. Entre dois beijos canso de repetir *Este leito que é o meu que é o teu...* ou *Minha terra tem palmeiras...*

De tanto se encarniçar, posto com ele não desse resultado, sinais da perturbação de Maria – o rubor da face, a narina trêmula, o peitinho ofegante.

– Sua cadela! – não continha a indignação. – Me dá nojo.

A pobre moça em soluços. Ele, a beber-lhe as lágrimas, aos gritos de – Monstro, calhorda, miserável. Logo voltava a injuriá-la:

– A culpada é você.

– Triste de mim, João.

– Não sabe nada – é uma burra!

– Como podia saber, meu Deus?

– Mania de falar em Deus! Por isso... eu não...

Perdeu a fé: se Deus escondia a chave do paraíso nada mais era sagrado.

– Não fale agora. Bem quieta.

Maria cerrava os olhos, exausta.

– Abra o olho.

Ao menor rebate falso um brado às armas:

– Diga está louca por mim.

– Agora gema!

– Grite bem alto!

Ela seguia as manobras, um grito a mais, dois suspiros a menos.

– Maldita. Ai, me desgraçou... – e dando-lhe as costas, ofendido. – Não avisei que gemesse?

Passado um mês a filha contou à mãe: intacta como na primeira noite. Os pais decidiram conceder a João uma semana de prazo e, se persistisse o estado, voltaria para casa.

Sete dias em que a paixão se confundiu com o maior ódio. João não conheceu a noiva e fracassou miseravelmente.

– Agora ia dar certo – o pobre arrenegou-se, o lindo rosto enterrado nas mãos. – A culpa é da megera de sua mãe!

Insultou-a de frígida, lésbica, ninfomaníaca. Separar-se antes que o deixasse louco. Muito deprimido, bocejando no emprego. Deixava-a fechada em casa, sem poder sair para as compras. A moça desconfiou que, rapaz fino, gesto delicado... sei lá.

Maria repetiu a lição familiar: queria ser mãe de filhos. Ao vê-la resoluta, suplicou que o tratasse com menos soberba, o dia inteiro de cara aborrecida. Tinha tudo, o que pedisse João lhe daria, mesmo que não pudesse. Surgiu com o padre para benzer a casa. Tinha vindo antes trazer o jornal. Em seguida presenteou-a com moranguinho graúdo. No jantar contou anedotas alegres. Maria não fraquejou e manteve a palavra. Ele comprou no bar da esquina uma garrafa de conhaque; ao propor que se embriagassem, recebeu dura recusa da moça.

Última noite e a última tentativa, falhada como todas as mil e uma outras. Acariciou em despedida o maravilhoso corpo nu, adormecido a seu lado. Bem quieto, olho arregalado no escuro, rendeu-se ao prazer solitário. Acendeu a luz, acordou-a, beijou da ponta do cabelo ao dedinho do pé. Por fim cuspiu-lhe três vezes no rosto. Não conseguisse trancarse no banheiro, a teria esganado.

De manhã ela arrumava as malas. João sugeriu pacto de morte, não foi aceito. Abriu a porta do táxi, despediu-se com aperto de mão: ainda mais querido na gravata de bolinha e óculo escuro.

Resolvido a morrer, não tinha revólver nem veneno. Enfiou a cabeça no forno de gás, posição incômoda demais. Além disso, com muita dor de dente – iria primeiro ao dentista.

Um mês depois o encontro na rua. Maria afastou-se da mãe, falou com naturalidade. Ele mal pôde acender o cigarro tanto que a mão tremia.

# 9
## O maior tarado da cidade

Fugiram do inferninho, mão dada sob a garoa. Ela balançava o braço de tão feliz. Rasgada a janela do céu, agulha branca ligeirinha costurava o ar, o bueiro regougava a água escura da sarjeta. Lenço na boca, a moça tossiu. Ele assobiou para um e outro táxi.

– Cuidar dessa tosse, minha filha.

Na farmácia comprou xarope de agrião e pastilha de alcaçuz.

– Obrigadinha, bem. Você é um amor, bem. Não é, bem?

Escondida do motorista, descalçou o sapato. Ofereceu-lhe o pezinho. Ele agarrou com mão trêmula: pequeninho, lindinho, unhinha bem redonda.

O último bar da noite. No canto do balcão, cada um mordia o seu cachorro-quente.

– Quero tudo, minha filha – e ela concordava, olho baixo. – O maior tarado da cidade.

Ela insistia em que um mordesse o sanduíche do outro. Nódoa berrante do vestido – na penumbra do inferninho um discreto lilás, aqui verde nauseoso. O cabelo, em vez de preto, fosco e avermelhado. A pele cinérea, mosqueada de pequenas rugas. Só a covinha no queixo era a mesma. Casaco roxo de veludo para combinar com a branca sandália.

Ele comeu um sanduíche e ela, dois. Na carteira de cigarro desenhou coração pingando sangue – *Maria, eterno amor* –, assinou o nome de guerra.

– Obrigadinha, bem – e guardou-a na bolsa de franja.

Corriam pela rua e, abrigados no vão das portas, beijava a noiva dos seus sonhos: beijo baboso na boca, o saibo de mostarda.

No hotel, atrás do gradil, cobertor xadrez no ombro, o porteiro molhava o pão no café. Lá fora o dilúvio do juízo final, perderam-se no labirinto de corredores.

Ela entrou no banheiro. Ele inteirinho nu, só de meia preta. Pensou um pouco, descalçou a meia. Ei-la envolta na toalha branca, sempre de salto alto. Não queria de luz acesa. Faria tudo, não é, bem? Deixaria tudo, não é, benzinho? Desde que no escuro.

– No escuro não tem graça.

Furúnculo, chaga podre, unha encravada? Baixinha, bundudinha, gorduchinha. Livres do sutiã, um seio para cada lado. Uma ferida a mancha no tornozelo? Laurinho acendeu a luz, ela tornou a apagar.

– Não faça isso, bem. Não, bem. Ai, bem.

Já era tarde. Depois ele estirou-se na cama, a vez dela. Tudo o que sabia era beijá-lo na boca. Exigiu posição diferente. Depressa ela concordou: Evoé, gostosão! Bêbado demais, não rematava. Enjoado de beijo, afundou a cara no travesseiro – a boca para beijar minha filha. Exausto, com sono, quase dormindo. Puxa, como ele demorava... Ó Deus, se fracassasse?

De um salto acendeu a luz. Não foi ao banheiro, esqueceu o nó da gravata, não amarrou o sapato.

Vertigem de pânico ao dar de cara com a manhã. Chovia sempre. Medonha chuvinha que encharcava a meia dos vivos e lavava a cara dos mortos. Atirou-se aos berros na frente do táxi. Sentaram-se conchegados, cuidado de não a olhar.

– Meu bem, o primeiro que cuidou de mim – abriu a latinha de pastilha negra, enfiou-lhe uma na boca. – Nin-

guém me comprou xarope. Pode que não acredite. Lou-
quinha por você.

No espelho o rosto de olheiras, ele, o rei da noite.

– Quem paga a pensão?

– O meu coronel, não é, bem? Quer fazer vida comigo.

– Cuide dessa tosse. Desça. Agora desça.

Quis beijá-lo em despedida. Ele acendeu um cigarro.

– Quando a gente se vê, bem? Hein, bem?

Sem responder, encolheu-se no canto. O tempo todo de
mão dada, não a olhou uma só vez. Cuspiu a pastilha. No
espelho o risinho do motorista – um negro de cara lustrosa,
apesar da chuva. Que parasse duas portas antes da casa. Na
mercearia os primeiros fregueses compravam pão e leite.
Ora, o doutor – não é o que você imagina? – no velório de
um amigo.

Escondeu a gravata vermelha, evitou as poças no jardim, um pardal caiu encharcado a seus pés. Abriu sorratei-
ro a porta, ali a empregada molhava o pão no café. Direto
ao banheiro, que água lavaria a imundice da alma? No
quarto os ruídos da mulher dando a mamadeira para a filha. Atirou a roupa no canto, morrinha de cadela na dobra
da pele, debaixo da unha, na raiz do cabelo. Tossiu sem
vontade – me passou a tosse, a desgraçada. Arrepiado, recebeu o jato de água.

Esperou que a mulher fosse para a cozinha. No quarto
escuro sumiu debaixo da coberta: o cheirinho gostoso da
bem-querida. Não era rato piolhento de esgoto? Quentinho
no borralho, a lembrança dos que sob a chuva corriam de
pé molhado, adormeceu.

– Duas vezes telefonaram do escritório – era sacudido
pela mulher.

Grunhiu, gemeu, suspirou e, posto que nu, de mão no
bolso.

Ela escancarou a janela:

– O senhor por onde andou?

Bobo de responder, mortinho e enterrado.

– Sozinha. Morta de medo. Um ladrão no trinco da sala – e a voz olhou para ele. – O senhor atrás de vagabunda?

Sempre a cara no travesseiro·

– Primeira a saber, minha filha. Bem casado. Outra nãc preciso. Mulher tenho em casa.

Adivinhou o riso escarninho, o mesmo do negro no espelho. Ergueu canto furtivo de pálpebra: diante da janela a moça espiava a chuva sem fim. O célebre papel de viúva sofrida, não mais raivosa:

– O senhor não vai trabalhar?

Na minha alma chove todos os dias.

– Já vou – e tossiu manhoso.

Bagre no tanque do orfanato, cai uma bolinha de pão, três saltos de boca aberta: chegar-se por trás, mordiscar a nuca e, arrastando-a entre os lençóis, possuí-la como nunca o fizera. Ofendida, iria reagir com fúria, arranhar o peito cabeludo, cuspir no rosto? Urra, a vez heroica de estuprá-la! Jamais desconfiaria, a bem-amada, que era o maior tarado da cidade?

Sentou-se na cama, o pé no tapete gelado: além das últimas forças, baixar a cabeça e descobrir o chinelo. A língua saburrosa não cabia na boca, o famoso suor frio na testa.

– O senhor facilita. Perde o emprego.

Não tinha, ó doce inimiga, a menor consideração. Tripudiava sobre a alma ferida na hora de agonia.

– Ai, não. Babou na fronha nova!

Grande o perigo, um vágado de fraqueza tamanho:

– Quer a verdade, minha...

Condoído de si mesmo um soluço trincou a frase.

41

– ...filha? Agora eu acabava comigo.

Suspenso o rufar das unhas na vidraça.

– Não fosse minha tosse. A cabeça no forno de gás... Dói muito o pescoço.

# 10
# A doce inimiga

Após a discussão de toda noite, ele demora-se no banheiro. Ali no espelho xinga-se de rato piolhento, mergulha o rosto na água fria. Mais calmo, volta para o quarto: sua alma coágulo de sangue negro. De nada serviu a espera. Bem acordada ela folheia a eterna revista (já não chora o amor perdido), boquinha meio aberta de calor. Deita-se encolhido no canto; sob a janela um grilo grita a aflição do mundo – maldito grilo, maldita inimiga.

Dois carrascos condenados a torturar um ao outro. Nela tudo lhe desagrada: a boca pintada, o sestro de beber água e deixar um resto no copo, a maneira de cortar o bife. Como a ela aborrece o seu cabelo comprido, o passo truculento que abala os cálices na prateleira, o pigarro de fumante. Por amor dela contraiu bronquite, gemeu dores de estômago, padeceu vágados de cabeça e – ainda era pouco – três furúnculos no pescoço. Mas não hoje. Que ela surrupie do seu prato uma batatinha frita, capaz de lhe morder a mão: Te odeio, bruxa velha. Há de morrer pesteada, pútrida e fétida.

O calor anuncia as brasas do inferno, assim que ela apague a luz será mordido pelo pernilongo da insônia. Surpreendê-la adormecida, indefesa ao seu olhar impiedoso que descobre uma ruga no canto da boca, dois e três cabelos brancos, um gemido abafado. Volta-se devagarinho, espreita por entre a pálpebra: ao clarão do abajur a camisola exibe a suave carne fria. Ó prazeres do leito de tão pouca dura. Deles para sempre despede-se: após a discussão de palavras irreparáveis, jamais irá tocá-la.

Distingue a penugem dourada do braço, a mansa curva do seio ainda ofegante de raiva, os loiros cabelos revoltos por um vento mal aplacado de fúria. Nunca mais desnudar-lhe as prendas e com um suspiro passa pelo sono.

*Um pesadelo, meu bem?* Infeliz abre o olho – meu pesadelo é você, querida. Ei-la debruçada (também o odeia desarmado no sono?), um sorriso entre divertido e amoroso. A discussão excitou-a ou o retrato do galã na revista: não o chamou de meu bem? Lateja o rancor na veia da testa e quer morrer de tristeza, antes matá-la com o desdém. Gostosa vingança provocá-la e voltar-lhe as costas, insatisfeita, abandonada ao seu desejo.

Ela inclina-se e beija-o com meiguice. Pronto se desvanece o ressentimento, só pede um pouco de amor, gesto de perdão, palavra de carinho. Não devolve a carícia, inacessível de olho fechado. Beijar ou não beijar – nada mais entre os dois e, como prova, também a beijou. Ela dobra a cabeça para o travesseiro e, sem descolar os lábios, constrangido a acompanhá-la, apoiando-se no cotovelo, exposto ao clarão da lâmpada o adorável rosto trabalhado pelos anos.

Amargo o beijo, quase salgado, chorou duas lágrimas furtivas: essa cadela me paga. Há de suspirar rendida e cuspirei o desprezo no rosto. A nós resta o prazer solitário. Se alguma vez desejá-la, para não sucumbir à tentação, antes me aliviar no banheiro. No longo beijo gratuito, a mão indiferente desliza pelo corpo sem mistério. Passiva, deixa-se beijar, olho fechado: a boca dura de dentes. Inútil a simulação, muito bem se conhecem para um enganar o outro. Frios, rancorosos, que se recolha cada um ao seu canto – a espada do tédio dividindo os lençóis.

De mansinho ela mordisca o lábio e titila de leve com a língua. Morcego da loucura na nuca, a cimitarra do delírio rasga-lhe o ventre. Não será envolvido nas redes e laços da doce inimiga: de tão efêmera delícia qual o altíssimo preço? Mais exigências, insultos e queixas – zizia a cigarra distraída, um caco de vidro rebrilha ao sol. Afasta os lábios e, antecipando a retirada, pendura-lhe um rosário de beijos ao longo do pescoço. Erguendo a cabeça – agora se satisfaça sozinha, sua megera –, observa o rosto afogueado, odioso e belo à sombra rósea do abajur: inocente do horror que lhe é reservado.

Com impaciência, abotoado no seu pijama, põe-se a despi-la: a cada vez um terceiro seio nunca dantes suspeitado. Relutante, ela quer se defender, o que mais os excita. Descerra os olhos, dá com os dele e volta a fechá-los, o encanto rompido a uma palavra descuidada. Cingem-se, fúria e desespero, em arrancos mais de ódio que de amor. Pensará, a doce inimiga, no galã colorido da revista? Embora a dois, um gozo à parte: ainda quando a possui, escapa-lhe por entre os braços.

Brutalmente entrou a ela. Agora à sua mercê, humilhada, e sem que ouse gesto de defesa, vingar-se do inferno íntimo. Arrancar soluços de escrava submissa, dos quais bem se envergonhe a eterna castradora.

Arregala o olho, cativa e penitente. Dela o uivo que silencia o grilo sob a janela? Sem pudor entrega-se ao sacrifício, olvidada de sua glória, ganindo escandalosa e rilhando possessa os dentes.

Em vez de gritar o nojo, o ódio regalado – ó corruíra nanica! –, não resiste à paixão ou piedade. Já não pode esperar, com saudade antecipada de tão passageiro gozo. Olho no olho, confundem a língua e o gemido, o palavrão e o suspiro. Perdidos de si mesmos antes da longa explicação inútil. Ela falará mais do que ele. Ainda uma vez as revelhas queixas, mil e uma aflições de tantos anos sem paz.

# 11
## Última corrida de touros em Curitiba

Casou no sábado e logo na terça entrava em casa às três da manhã. A noiva em pranto, de chapéu e a malinha de roupa, todas as janelas iluminadas:

– São horas? Um homem casado? De chegar?

O Dadá fazendo meia-volta, no passinho do samba de breque:

– Não cheguei, minha flor. Só vim buscar o violão.

Tornou duas horas depois – a pobre moça dormia, o rosto úmido de lágrimas, a maleta esquecida ao lado da cama.

Mulato pintoso e sestroso, bigodinho, cabelo para o crespo. De sargento da polícia a professor de educação física: peito forte, brigador. Passista premiado no famoso baile do Operário. Boêmio desde menino, casado não mudou de vida: saiote vermelho de crepom, chupeta gigante no babador, porta-estandarte do bloco *Senhora dona, guarde o seu balaio*. Farrista, com amantes, a mulher era uma heroína, por que não santa?

Bêbado, descalçou o sapato e a meia, que dona Cotinha recolheu:

– Jogando tudo pelo caminho. Essa meia molhada! Não está chovendo...

– Suo muito no pé.

– Num pé só? Tomou banho com alguma vagabunda, não foi?

Ah, bandido.

– Por que o Tito não gosta de você?

– Sei não, minha flor.

– Por que será, hein?

– Me viu na cama com a mãe dele.

Se dona Cotinha perguntava a que hora:

– Esta noite não volto nunca mais.

Aquela manhã, o chuveiro jorrando sem parar, a mulher estranhou a sua demora. Gritou por socorro, a porta arrombada – de borco no ladrilho, sofrera um derrame. Dez dias em coma no hospital, se sobrevivesse ficaria entrevado.

No décimo dia, desesperada, a amante decide visitá-lo. Bate na porta, que é aberta pela esposa, ao lado das filhas:

– Com licença.

Quando disse as palavras mágicas: *Com licença*, lá do fundo do inferno ele ouviu:

– Aaaahhhhhnnn... – uivou na maior agonia.

Sem fala, um lado perdido do corpo – vez por outra pingavam uma gotinha-d'água no lábio gretado. Com olho aflito indicava a garrafa sobre a mesinha. Morria de sede e, no delírio, uma fonte gelada corria-lhe pelo rosto e encharcava os cabelos crespos do peito.

Ainda era pouco, tinha de suportar as visitas:

– Como vai o nosso doentinho?

E a megera, muito importante:

– Provou duas colheres de papinha.

Alisava o suor frio da testa:

– Fez xixi direitinho. Obrou um nadinha.

Solícita e implacável, enxugando-lhe o queixo com o guardanapo amarrado ao pescoço:

– Dadá, eu bem disse, não facilite – e indiferente ao clarão de ódio no olho estagnado. – Você bebe demais. Come demais. Já não é moço. Pensa que ligava? Dadá, olhe a extravagância. Um dia pode ter uma coisa. Veja o que aconteceu. Bem eu não disse?

Tamanho horror às visitas, à comadre de florinha, ao papagaio de vidro, decidiu não se render. Aprendia a falar. Sugeriu corrida no pátio para os hemiplégicos – o prêmio ao vencedor um par de muletas com ponta de borracha.

Em casa, nas tardes de sol, carregado e instalado numa cadeira de braços no jardim – sobre a palhinha dura o retalho humilhante de plástico. Manta xadrez nos joelhos, cochilava de cabeça tombada no peito, um fio de baba no queixo que não podia enxugar.

Deliciado com o trino da corruíra, um cacho dourado de giesta, as folhinhas do chorão faiscando ao arrepio da brisa com vozes esganiçadas – verde, verde! O deslumbramento repentino de estar vivo e, roendo fininha, a saudade da amante. Primeira vez depois do insulto cerebral aquela ânsia de viver. Tentou mexer um dedo – a resposta longínqua do nervo entorpecido. Morrer como homem, não barata leprosa com caspa na sobrancelha. E a sombra das folhas na cabecinha trêmula, adormeceu.

Presto um ribombo no céu, estalido de grampos no varal, o vento que batia as portas:

– Recolha a roupa. Maria, feche a janela. Prendeu o Nero?

O temporal rebentou com fúria, ensopava-lhe o cabelo grisalho, o pijama de pelúcia, quem sabe lavasse as gotas vergonhosas do café com leite. Aos trancos ergueu a cabeça, a chuva rolando pela cara retorcida, um olho meio aberto nunca piscava – era uma coisa, que a família esquecia na confusão de recolher a roupa e fechar as janelas?

Minutos depois o grito da mulher em pânico:

– Minha Nossa Senhora! O Dadá... lá fora!

Do fundo da garganta gorgolejou o glorioso palavrão.

Dali a um mês, arrastando os pés, com duas bengalas, já podia sair. A primeira visita para a amante. A segunda, ao bar de costume.

Promoveu a corrida de hemiplégicos e, como de esperar, foi o vencedor.

Última alegria porque logo morreu engasgado com a semente da batida dupla de limão.

# 12
## Peruca loira e botinha preta

Às quatro da tarde na esquina combinada. Esperou alguns minutos, ela não viria, a grande aventura dos 50 anos? No espelho retrovisor eis o vulto que se insinuava à sombra do muro. No sol de verão, casaco preto, botinha preta, além da peruca loira. Abriu-lhe a porta.

– Bem doida – gaguejou, ofegante. – Não devia.

Ele ergueu a ponta da luva preta, beijou-lhe a mãozinha trêmula.

– Depressa. Meu marido em todas as esquinas.

O homem levou a mão ao casaco, apalpou aqui e ali.

– Viu que loucura? Agora satisfeito? Imagine se...

Ele arrancou, o coração disparado.

– De mim fez uma perdida. Para onde me roubando?

Ainda protestava quando ele recolheu o carro no abrigo.

– É hotel suspeito? Alguém me vê, sou mulher falada.

Tremia nos seus braços enquanto a beijava e fungava-lhe no pescoço.

– Eu nunca o João enganei.

Bem por isso mais excitante. Abriu oito botões do casaco felpudo: toda nua desde a peruca até a botinha.

– Que vai fazer, querido? Tenha pena de mim. Eu nunca...

Beijavam-se longamente debaixo do chuveiro tépido.

– Ai, molhei o cabelo – deu um gritinho. – Se ele descobre, nem pensar. Muito brabo. Desconfiado ele só.

Obrigada a desfilar de peruca e botinha em volta da cama. Ajoelhado no tapete, ele correu o fecho até o tornozelo:

– Ai, meu anjo, como é branco o teu pezinho.

Esfregava o bigodão na perna gorducha, deliciando-se ao ver a pele que se arrepiava e os pelinhos que se eriçavam. Tivesse ali na coxa uma pinta de beleza? Não é – intuição? visão do paraíso? milagre? – que tinha mesmo, olho negro de longas pestanas!

– De mim não judie, querido.

– Você me põe furioso.

As mais incríveis posições que, sem prática, não podia rematar. Docilmente ela seguia as instruções, franjinha no olho verde arregalado. Bufando ele empurrou a penteadeira ao pé da cama, refletidos de corpo inteiro no espelho oval.

A pedido, insultado de cornudo, veadinho, tarado. Esbofeteou-a de mão aberta: filete de sangue manchou o travesseiro. Ter-lhe-ia queimado o bracinho se, no último instante, não suplicasse perdão com mil beijos molhados.

– Quer mais, sua cadela? O quê? Senhora honesta? Não me faça rir. Uma bandida de calçada. Há de me beijar os pés. Quem é melhor na cama – ele ou eu?

– Ai, querido. Por amor ganhou o que o João... desde a primeira noite... quis à força!

Longe demais para se arrepender: espirrou-lhe no rosto contorcido de gozo a espuma do champanha.

Deixou-a na mesma esquina, abotoada no casaco, olheira escandalosa para mãe de família.

– Querida – e lhe reteve a mão. – Quando a próxima vez?

Esgotado o repertório, o preço de um chicotinho qual seria?

– Não devia... Uma doida. Nunca mais. Só existe o meu João.

Seguiu-a pelo espelho, que se afastava ligeira, a bela misteriosa. Qual o seu verdadeiro nome? Concederia novo encontro? Oh, não – esquecida no banco uma luva preta.

Meia hora depois entrava em casa. O filho diante da televisão, a filha falando ao telefone, a sogra debruçada no tricô. Afastou um cacho grisalho e beijou na testa a mulher no vestido azul de bolinha.

– Como foi de escritório, meu bem?

– O mesmo de todos os dias. E você?

– Fiz uma torta de morango.

Esgueirou-se no banheiro para esconder os sinais da aventura.

– O jantar na mesa, João.

No quarto abriu a gaveta do camiseiro. Retirou do bolso a luva perdida, guardou com a outra.

– Já vou, minha velha – e foi ocupar a cabeceira da mesa.

# 13
## A faca no coração

— Você rapou o bigode, João. Ficou mais moço.

– Na mesma hora em que ela me deixou. O amor é uma faca no coração. Cada dia se enterra mais fundo, que não deixe de sangrar.

– Esse óculo rachado. Não pode enxergar direito.

– Depois que a gente acostuma, não atrapalha tanto.

– Maria, ela não merece você. É bom demais. E os filhos?

– A mais velha me odeia. Dizer que me chamava Paizinho.

– No começo eles tomam o partido da mãe.

– Ao encontrá-la na rua, me virou o rosto: Você é uma filha ingrata. *Nada de ingrata. Nem considero o senhor meu pai.* Então a culpada foi sua mãe... Sabe o que ela fez? Quis me avançar com a unha afiada.

– A outra filhinha?

– Também do lado da mãe.

– E o filho?

– Esse é o maior inimigo.

– Você, João, uma infância tão feliz. Agora sofrendo esse horror. Dona Cotinha teve a felicidade de não ver.

– Se ela está vendo... Tudo!

– Vendo o quê?

– É espírito forte. Tudo ela vê. Fala comigo em sonho. Sabe o que repete?

– ...

– *Meu filho, sinto uma pena de você!*

– Ó Maria, mal de cada dia.

– Minha cama é só mordida de formiguinha ruiva. Usei tudo que é veneno. Até lavei o soalho. Mas não adiantou.

– É a famosa insônia de viúvo.

– Três da manhã, lá vem o negro desdentado, entra no quarto, deixa uma flor na minha testa.

– E quando você acorda, a flor está ali?

– Como que adivinhou? Flor é do céu, não é? Quem manda é a velha: *Vá cuidar do meu menino, tão sozinho.*

– Deve arrumar uma companheira.

– Quem é que vai me querer?

– Quanta mulher, João. Uma viúva, uma desquitada infeliz, tanta professora bonitinha.

– *Cada dia* – são palavras da Maria – *é mais difícil gostar de você.*

– Mulher é que não falta.

– Tenho uma em vista. Viúva de 30 anos. Maria praguejou que sozinho não consigo outra.

– Deve mostrar para ela. Pode até escolher.

– *Como é que você dobrou a Maria, assim furiosa?* – perguntou a pobre velha, antes de morrer. Não dobrei a Maria, eu disse, dobrei os joelhos.

– Mudar a lente rachada não custa. Em vez dessa gravata fúnebre uma de bolinha azul.

– Nunca tomei um copo-d'água sem dar a metade para ela, que no fim me fugiu. Na cama o cobertor era todo de Maria. Não tinha um fio e uma agulha para este botão?

– Bem sei que fazia pose para você. Logo ela!

– É refinada feiticeira. Coração comido de bichos, ela tem um buraco no peito. Sabe o que, no dia em que me abandonou?

– ...

– Só de traidora degolou o casal de garnisés...

– Nem tremeu a mão de unha dourada.

– ...estrangulou o canário no arame da gaiola...

– Não me diga, João!

– ...e furou o olho do peixinho vermelho.

– Esqueça a ingrata nos braços de outra.

– Não é feia a viúva. Trinta anos mais moça, apetitosa. Só eu não mereço?

– Assim é que se fala, João.

– Não posso ter dó de mim, daí estou perdido. Acho que me engracei pela viuvinha. O amor é uma corruíra no jardim – de repente ela canta e muda toda a paisagem.

# 14
## Esta noite nunca mais

Nove da noite, meio bêbado, abriu a porta da cozinha. Diante da tevê na sala, a mulher enfeitada, cabelo bem penteado.

– Jantar fora, meu bem?

– Boa ideia. Um filé sangrento. Na churrascaria.

– Na churrascaria não vou.

Queria se exibir no melhor restaurante.

– Então visitar a mulher do André. Que teve nenê. Me convidou para padrinho.

– Eu não vou.

– Não quer mesmo?

Nem respondeu. Ele pegou a chave, tirou o carro da garagem. Na casa de André olhou a criança, o velho monstrinho enrugado. Bebeu umas e outras.

– Agora vamos jantar.

O amigo beijou a mulher, em meia hora de volta. Na rua, Laurinho ergueu os braços para o céu:

– Livre! Enfim livre!

O brado retumbante do gênio ao se libertar da garrafa.

– Esta noite nunca mais.

– Sou o gênio em busca da garrafa.

– Salvo da castradora do maior tarado.

Sob protesto do amigo, rumaram para o primeiro dos sete inferninhos. As mais fabulosas rainhas da noite. Abraços e risos com os deliciosos vampiros de coxa fosforescente. Insinuava a mão por entre plumas e babados:

– Aqui me cheiram maçãs.

A senha para saírem do inferninho:

– André, você fica? Amanhã eu viajo. Bem cedo.

Na porta o último beijo delirante de língua.

– Ainda é cedo, querido.

No Tiki Bar a visita à sua gorda – monumento a uma sangrenta batalha de pétalas de rosa, nem sequer travada.

De repente – onde? como? quando? – agarrado ao pescoço de um baixinho, cabelo pintado, dente faiscante:

– Nélson, meu velho. Canta *A volta do boêmio*.

Para se livrar dele, o baixinho subiu ao tablado.

– Ei, Nélson, e a segunda parte? Falta o resto. Ei, você esqueceu.

– Então canta você.

Palmas e vaias. O baixinho não conseguiu se desvencilhar.

– Nélson, meu velho. Me desculpa. Estou meio alegre. Esta noite nunca mais.

Viu que o amigo estava na pior. Olha para você e fixando a tua nuca. Hora de enfiá-lo no táxi, dar o endereço ao chofer – e você sabe? Nem eu.

Os músicos estremunhados guardavam os instrumentos. Lua sinistra das cinco horas sobre as ruínas douradas. Tropel de sapatões rumo ao banheiro, cambiar os vestidos de cetim pelas calças compridas.

Assinou o cheque sem discutir:

– Malandro não estrila.

Por dentro fazendo o maior esporro. Cada um de braço com a sua rainha. Parecidas, não seriam as famosas gêmeas?

– Vamos para o Luís.

O amigo e as gêmeas pediram canja. O seu filé à moda da casa ocupou toda a mesa. Atacou ferozmente a carne sangrenta.

– Garçom, tudo isso em fichas de música.

– Agora repita *Garufa*.

Pegava a moedinha e saía aos trancos por entre as mesas para chegar antes de outro. Nem bem terminada, largava os talheres, outra vez cambaleando até a vitrola:

– É a predileta de minhas filhas.

Três latinhas de cerveja, pitada de sal e fatia de limão – estraçalhou o filé, a mulher não sabia o que tinha perdido.

Lambeu os beiços, ergueu os olhos, quem viu na outra mesa? Margô e a querida Ritinha, cara emburrada. Foi sentar-se com ela, que nem respondeu.

Mal voltou, as gêmeas se ergueram, deram o braço aos dois cafifas, que esperavam de pé.

– Vamos para casa, Laurinho?

– Esta noite nunca mais. Que tragédia, meu pai. Todas as mulheres são ingratas. A noite é criança. Amanhã é outro dia, segundo Scarlett O'Hara. Muito tarde, a esperança morta.

O clarão vermelho nas vidraças. Na mesa ao fundo cantavam. Ele já erguia sua voz e batucava na caixa de fósforo. O grande Candinho e duas rainhas nos longos de cetim. De estalo amigos de infância, sentaram-se. Nova rodada de batida de maracujá.

– Não aguento mais, Laurinho. Vou me apagar.

– Sabe aonde é que vamos? Todos nós. Para... guaná.

Não há bêbado capaz de pronunciar a palavra.

– Uma peixada genial. Vinho do Reno gelado.

O grande Candinho partia nos braços da Rita Palácio.

– Vamos, meninas?

As rainhas de pronto concordaram.

– Estou a perigo – advertiu o amigo.

– Esta é a noite do juízo final.

Coube-lhe a feia que, personalidade mais forte, já começou a mandar.

– Quero mudar de roupa.

– Bobagem, minha filha.

Ausentou-se alguns minutos, voltou de calça comprida, o vestido de cetim na mágica bolsa de couro. A outra, gorduchinha, saia de triângulos preto e laranja – o meu, o teu balão de São João.

– Não coma nunca, meu velho. Agora beber tudo de novo.

Muito riso, canto, batuque, ele bocejou, um nadinha cansado.

– Quero ver o grande mar.

Saíram de carro berrando. *É hoje só, só só.* Aos arrancos, preso o freio de mão.

Fechou os olhos um pouquinho. Quando abriu foi aquela gritaria, o carro de encontro ao poste, ele sentado no meio da rua.

Primeiro gemeu:

– Minha Nossa Senhora!

Depois:

– Poxa, que tragédia, meu pai.

Ergueu a mão, olhou o relógio sem o vidro. Tateou pelo chão, não o encontrou. E como podia? Sumidos também os olhos.

– Você está bem? – o amigo aflito a seu lado.

– Só perdi o óculo.

Arrimando-se no ombro do outro:

– Ai, que dor. Meu pé.

De súbito no maior pileque, não conseguia articular:

– Para... guá... par... naná...

Abateu-se na calçada, abriu o lenço branco sobre a cabeça:

– Foi o sereno!

Do maldito sereno curitibano todo boêmio foge.

Achou-se no táxi ao lado da saia-balão, que lhe enxugava o suor frio da testa. Logo deitado na maca e, sem aviso, na sala de curativo. Vozes a longa distância:

– O cara no maior porre.

O grande André que fim levou?

– Tirar sangue. Dosagem alcoólica.

Agitou-se perigosamente na maca, babando:

– Me recuso. Quero meu advogado.

Fechou-se a porta do elevador que mergulhou no poço negro sem fundo.

O amigo lhe segurava a mão. Viu o pé enfaixado.

– Que me fizeram?

– Nada. Três pontos no tornozelo.

Sentiu o beijo molhado na testa:

– Cuide bem do Laurinho.

Era a saia-balão que se perdia na imensidão azul.

– Ninguém se machucou?

– Não se preocupe.

– E o carro?

– Já avisei o seguro.

Aí começou a doer o pé, era o esquerdo. Como explicar em casa? Falida a sociedade. A mulher e as filhas perdidas. Um soluço na garganta e a cara lavada de lágrimas quentes.

– Poxa, é o meu fim. Estou acabado.

– Que é isso, meu velho? Calma. Está tudo bem.

– Olhe para mim. Poxa, merda. Que é a minha vida? Uma sucessão de Rosas e Marias perdidas. Você é feliz. Eu não. O maior dos malandros, rei da gafieira? Minha alegria é falsa. Que bandido sou eu? O palhaço das queridas ilusões. Tristes bacanais de café com leite...

No meio do desabafo dormiu com sorriso de beatitude.

Abriu o olho, pela janela as folhinhas de chorão brilhavam ao sol. Sem ele que seria do velho chorão no quintal? Quase lágrimas de novo. Ainda bem a enfermeira trazia um copo de leite. Debaixo do lençol, só de camisa e cueca, a calça toda rasgada ao pé da cama.

– Que está sentindo? – era o amigo.

– Sentindo que estou fedido.

Com o repouso pronto para outra.

– Que horas são?

– Meio-dia. Pode andar?

O amigo telefonou para as mulheres, que os dois vítimas de acidente. A culpa do outro, um sórdido bêbado. Graças a Deus estarem vivos. Laurinho traumatizado do choque. Dona Maria o agradasse, nem uma pergunta.

Ao ficar de pé, dores por todo o corpo. Humilhado rendeu-se à cadeira de rodas. O amigo recolhia a roupa. Ele cara a cara com o velho crucificado. Não se conteve e atirou-lhe um beijo furtivo.

Diante da rampa o táxi à espera.

– Meio enjoado.

Presto o amigo manobrou a cadeira, ele debruçou-se na jardineira de malvas... Maldito leite! Ali nunca mais cresceriam malvas.

A baba no queixo, da cadeira amparado até o táxi. Estendeu a perna sobre o banco traseiro:

– Por que não lavaram o pé?

Imundo o pé. O sapato não menos, papo inchado de sapo. Morrendo de sede, sem jeito de pedir. Nunca mais pediria nada a ninguém. Duas esquinas adiante o táxi parou, ele bebeu uma garrafa inteirinha de água com gás.

Ao reconhecer o caminho de casa, uivo lancinante na alma, a faca certeira no coração. Deslumbrado pelo sol radioso.

– Dê mais uma volta.

No poste da esquina a vizinha de braço com o marido, rostinho balofo, nariz rubicundo, alcoólatra recuperado. Ela o acompanha até o ônibus. Espera-o no mesmo lugar à tarde – nem sempre ele chega. Então a pobre descabelada pelos bares. Ah, pensou Laurinho, por que não sou ele? Por que minha mulher não é...

Tarde demais, o táxi no portão da casa. Despediu-se do amigo. Sapato na mão, firmando-se no calcanhar, arrastou o resto de dignidade pelo jardinzinho. Sem óculo medroso de tropeçar.

Rodeado pelas filhas que gritavam:

– Pai, pai. Mãe, o pai machucou o pé!

A mulher na porta da cozinha. Um lampejo de censura que, ao ouvi-lo gemer, pronto se apagou. Antes que falasse, ela adiantou-se, beijou-o no rosto.

– Graças a Deus. Está salvo!

Belo contador de história, o André. Estropiado da noite, arrimando-se à parede, alcançou o quarto.

– Veja – era uma das filhas. – O pai com o pé sujo.

Enfiou o pé imundo no lençol imaculado, espichou-se e descansou a cabeça no travesseiro de fronha bordada. Sem poder se virar, tudo doía, até a sambiquira. Meu inferno tem várias estações – a última no sudário branco de linho.

A mulher trouxe caldinho magro de galinha. Mão trêmula, a colher tilintava no prato, o coraçãozinho saltitante no peito. Em pânico que ela sentasse na beira da cama, a voz melíflua.

– Agora me diga. O que aconteceu, meu bem?

Sofria de verdade, melhor gemesse do que falasse. Se ela quisesse discutir, tão desolado, só podia chorar – e já não tinha lágrima.

Sorveu deliciado a última gota e lambeu a colher. Ela apanhou o prato, enxugou-lhe o queixo com o guardanapo – não era o lenço de Verônica?

– És... Par... Mais...

Um resmungo e dois suspiros. Dormiu, ainda sentado.

# 15
## Uma coroa para Ritinha

Beijou a mulher no portão, voltou-se da esquina para acenar. Uma corruíra trinando no peito, postou-se debaixo do poste, à espera do ônibus. Súbito um grito abafado, o táxi freou pouco adiante. Da janela a mãozinha enluvada o chamava. Aproximou-se relutante – se a mulher ainda no portão?

Um pé na calçada, outro na rua, inclinou-se para a rainha da noite.

– Laurinho, sabe o que aconteceu?

Outra corruíra respondia ali no poste.

– Que foi?

Já viu uma bailarina ao sol das dez da manhã? Terrosa, cinérea, esverdinhada, a noiva do conde Nelsinho na valsa dos vampiros da meia-noite.

– Ai, que desgraça. Sabe quem morreu? A Ritinha.

– Mas como? Não pode ser. Sábado estive com ela.

Do hotel deixou-a no Bar do Luís, a célebre canja das cinco da madruga. Depois o convite de um gordo que, bêbado, capotou o carro, ambos mortos.

– O enterro quando é?

– Agora. Quer ir com a gente?

Antes que gaguejasse uma desculpa:

– Não era o teu grande amor?

– Só telefonar. Depois eu vou.

No portão do cemitério sete ou oito bailarinas, uma de cara lavada, outra de olho negro e lábio encarnado, qual a mais pavorosa?

– Laurinho, o que fizeram... Tadinha da Ritinha!

Todas o olhavam – era o homem. Só faltava a morta, o coche fúnebre retardado.

– Que desgraça, meu Deus.

Uma com braçada de copos-de-leite, outra com feixe de palmas, a maioria com maços de velas. Duas de perucas, loira e ruiva, algumas de lenço colorido na cabeça de medusa. Sardentas, perebentas, feridentas, todas de preto. Três de óculos escuros, o da cantora era capacete de astronauta. Espirrando faísca das pedras, o próprio Jack Palance com duas pistolas na cinta de ilhoses reluzentes:

– Ainda bem que veio, Laurinho. Nem um puto teve coragem.

Olheiras fundas do velório, a uma e outra conhecia de vista, todas o chamavam pelo nome. Meio esquerdo, camisa xadrez, calça amarela, sapato marrom.

Surgiu o carro negro, logo rodeado pelas carpideiras. Ó, decepção! Ritinha não era, mas o parceiro do desastre, por sinal casado. A viúva de luto fechado, uma menina em cada mão. Os homens solenes de paletó e gravata. Cruzaram o portão sob os punhais de ódio das bailarinas. Margô em voz alta:

– Foi esse o culpado. O gordo bêbado... Ele que a matou.

Ritinha como sempre atrasada, os dois táxis apinhados de damas. Ali do cemitério poderiam ir todas para o bordel das normalistas. Disputavam uma alça do caixão, a da frente reservada para ele, que abria o cortejo. Como é que, tão leve nos seus braços, pesava tanto no caixão? Sem fim a longa avenida, aqui as mil velas da milagrosa Maria Bueno, ali a cruz das almas.

O sol rebrilhava no mármore negro, nos medalhões coloridos, nas letras douradas. Deixavam para trás os túmulos soberbos, as capelas luxuosas das grandes famílias. No pomposo mausoléu do menino, atrás da porta envidraçada, a coleção de ricos brinquedos. Eras na vida a pomba predileta, ó doce putinha.

Ele tropeçou ao dar com o túmulo do sogro e, que não o visse, baixou a cabeça. Os saltos altos retumbando nas lajes, desceram, subiram, outra vez desceram. Quase no subúrbio do cemitério, a ruazinha nem era calçada. Às suas costas, a voz rouca de Margô:

– Não apareceu no velório nem no enterro. Só mandou oferecer dinheiro, o grande filho...

Cafetão não oferece dinheiro. Só podia ser o velho coronel. Dois coveiros esperavam debruçados na pá vermelha de barro. Ali perto o túmulo do gordo, entreviu a viúva que, sem chorar, vigiava o pedreiro rebocar os tijolos.

Com um suspiro descansaram o caixão ao pé da cova – um pouco de água no fundo. Agitavam-se as bailarinas com suas palmas, copos-de-leite, maços de velas.

– Tem fósforo, Laurinho?

Estendeu a caixa para Margô, que o olhou firme:

– Não viu a Ritinha?

Última homenagem à sua menina bem querida. Foi protestar, era tarde: na roda de bailarinas, recuar não podia. Já soltavam as borboletas da tampa, uma empurrando a mão da outra. Sem virar o rosto, a hora da verdade: todas lhe cobravam uma lágrima de dor.

A tampa de cá para lá, afinal de pé contra um túmulo. Tinha de olhar e, mãe do céu, o que iria ver? Ali a amiga das mil noites de paixão.

Primeiro o vestido amarelo de cetim, que ele desconhecia (um por um quantas vezes a despiu), ocultando o sapato prateado. Meio torta, uma palma da mão para cima, o braço sem articulação de boneca quebrada. E, grande alívio, o rosto coberto por lencinho branco de renda.

Margô olhava para ele, não para a defunta. Como não chorasse, foi rápido o gesto e teatral: ela afastou o lencinho e descobriu o rosto. Graças a Deus, não tão desfigurado. Lábio muito pintado, nunca fora discreta. Era mesmo a sua Ritinha e, maior surpresa, quase linda não fossem as manchas roxas. Só a cabeça fora de esquadro, mal encaixada no pescoço. O médico-legista de mão leve para o corte e costura.

Todas o olhavam reclamando a lágrima da saudade. E, mais de susto que tristeza, enxugou uma gota furtiva do suor que escorria na testa.

Única que beijou a morta foi Margô. Não na fronte, mas na boca, a esganada lésbica. Ainda ela que, na voz rouca de cantora, atacou a ave-maria e o padre-nosso. Aqui e ali um soluço abafado das carpideiras. Ele baixou a cabeça, pigarreou, cruzou as mãos.

Fixada a tampa, os coveiros tinham pressa: no súbito silêncio o eco surdo dos torrões. Bem alto Margô repetiu o padre-nosso para abafar o do outro enterro. Uma corruíra se uniu ao dueto dos coveiros.

Em volta do pequeno monte de terra corriam as rainhas, abrindo os copos-de-leite, espalhando as palmas, rasgando os pacotes. Eram tantas velas, um milagre não ateassem fogo às vestes, oferenda de tochas humanas. De repente a Margô:

— A coroa? Onde está?

Com grito de raiva:

— Ah, já sei... Que desgraçado. Pouca vergonha!

Afastou-se abalando os anjinhos de gesso com a fúria dos saltos dourados. Lá do enterro vizinho chegaram vozes indignadas, uma discussão logo extinta. De volta exibia em triunfo a famosa coroa:

— Eu não disse? Era a nossa coroa. Que estava lá. Desaforo, já se viu?

Entre dois túmulos espiava um senhor de luto – seria o velho coronel?

Ainda bem tudo acabado. Laurinho olhava as flores murchas, velas derretidas, papéis rasgados, restos do piquenique fúnebre. As damas ostentaram as enormes bolsas de couro, onde levam de tudo, uma penteadeira, até muda de roupa.

— Vem com a gente, Laurinho?

De repente aflitas, antes que se desvaneçam ao sol, as noivas pálidas, exangues, sem reflexo no espelhinho de mão. Caras roxas e verdosas de afogadas na água podre do aquário – o cigarro sangrento na boca.

– Fico mais um pouco.

Uma por uma lhe apertaram a mão – era o viúvo. No beijo de Margô sentiu o travo de conhaque.

Esperou que ao longe se perdessem os Lázaros violáceos há quatro dias fora da sepultura, rostos ainda envoltos nos lenços festivos, mãos e pés ligados com luvas e botinhas. Enfim só com Ritinha.

Dos batalhões que cavalgaram o pobre corpo estropiado, só ele, o ginete solitário. A faca no coração ao lembrar o fosforescente lombinho branco debaixo do chuveiro. As outras se negavam a deixar, não ela. Em adoração manipulava o pezinho, fonte de prazeres proibidos. O par de seios róseos – já não escureciam do mau-trato? Não a catinga de cadela molhada, ó cheirinho doce da prima na infância. Carinhosa, só o chamava de minha criança. E, puro requinte, como a Milady dos três mosqueteiros, a pequena falha do pré-molar superior esquerdo. No sábado a porta da cozinha fechada, mas de luz acesa – seria o cafetão?

– Não se assuste, minha criança. É só uma amiga.

Confessou depois que era a filhinha de 5 anos que, como o vestido amarelo, ele não conhecia. No último beijo o agridoce de cigarro, tristeza, vinho tinto.

Mais perto o velho de luto insinuava-se por entre os túmulos. Envergonhado, Laurinho virou o rosto, agora uma lágrima de verdade.

# 16
## Mister Curitiba

— Sente aqui, meu bem.

A menina ainda agarrada à bolsa do Curso Camões.

– Que bom você veio.

Ruborizada, aceitou o copo. Antes que ele botasse o gelo, bebeu dois goles.

Tantos minutos de espera, descrevendo as suas maravilhas: um dentinho torto, olho gaio, cabelo curto. Ó delícia: cicatriz de vacina no braço esquerdo. Só então pegou-lhe na mão – uma quente, uma fria.

– Venha ver.

No quarto abraçou-a de pé:

– Tão lindinha. Não sei o que... Ai, mãezinha, você aqui. Que rostinho mais... Como estou tremendo. Veja só.

A voz do outro, rouca e baixa. Ela, muito assustada, grande olho. Impossível não se repetir:

– Que felicidade. Você aqui. Esse olhinho quer me engolir. Vermelho que te quero. Ai, ai, aqui nos meus braços.

Já perdida no primeiro beijo.

– Morda a minha língua.

De repente, o bofetão na orelha, que a derrubou na cama – pode ser com força, não deixa marca.

– Ai, que é isso?

Era tarde: ligeiro a cavalgava, dominando os frágeis punhos. Na maior doçura alisou o rostinho em fogo:

– Quem é que imagina...

Olhava-o com medo de outro tabefe. Mãos trôpegas sobre a blusinha xadrez. Gania, sempre baixinho:

– Ai, ai. Não posso. Não tenho coragem.

Sacudido de tremores:

– Ai, Senhor, não mereço.

Descobriu o umbiguinho. Tapou-o mais que depressa.

– Não pode ser.

Fungava e pastava no pescoço de cisne branco.

– Você acaba comigo. Vou ter um ataque.

Enterrando as patinhas, mosca se afogando na compoteira de ambrosia:

– Não. Você me mata. Não faça isso.

Com um grito a empurrou, furioso à volta da cama. Ela interdita, sem se mexer, a blusa meio erguida. Nem piscava o verde olho arregalado.

Ele sentou-se na poltrona, imagem do desconsolo, mãos na cabeça. Bebeu alguns goles, perdido em meditação: Será que não exagero? Rompo em dó de peito, não sustento a nota. Ficando doido? Nem sei quando represento. Olhe a menina, coitadinha. Igual a qualquer outra, dois braços, duas pernas.

Enfim pendurou o paletó na cadeira. Chegou-se furtivo, ela o vigiava pelo canto do olho.

Outra vez montado na eguinha mansa. Repuxou a blusa, ela ergueu os braços. Foi aquela gritaria:

– Não é verdade. Nunca vi... Seinho tão lindo.

Entre um e outro, não sabia qual:

– Se aperto, sai leitinho? Aqui eu mato a sede. Ó broinha de fubá mimoso.

Em surdina, melhor não entendesse direito. Respirou fundo. Saltou da cama. Bebeu uns goles. Acendeu cigarrinho:

– Se não me acalmo. Você me mata.

Mão gaguejante no peito:

– Disparou, o relógio... Nunca me aconteceu.

Bem quieta, os seios empinados: bonitinha, sim, mais nada. Qual a razão do escândalo?

Prova de sua bravura, duas rodelas molhadas na camisa, que estendeu sobre o paletó.

– Oh, não, piedade! Carne tão branquinha ninguém não viu.

Mordiscava a penugem douradinha da nuca:

– Ai, quem é que diz? Tua mãe sabe, sua cadelinha? Que você tem esse corpo?

De assombro o olho agora azul. Berro de fúria:

– Eu vou contar para tua mãe!

Tanto entusiasmo, livrou-se da calça. Monstro de mil máscaras, desta vez quem seria? O confessor na cela da freirinha de sete saias, a madre escutando atrás da porta? Um estropiado de guerra, a enfermeira suspensa no pescoço, aos giros vertiginosos da cadeira de rodas? O noivo, de pé no corredor, rasga em tiras a calcinha, os pais da menina assistem à novela na sala? Quem sabe o velho leão fugitivo do circo... Ela a domadora de botinha preta e chicotinho?

Zumbia no ouvido um chorrilho de meigos palavrões. Ajudado por ela, puxou-lhe a calça comprida e as meias que combinavam com a blusa. Inclinou-se para beijar o pezinho... E nunca chegou lá. Você procura uma palavra no dicionário, distrai-se com outra e mais outra, já não se lembra da primeira.

Com todo o peso sentou-se nela, que gemeu:

– Não... não. Isso não.

Beijando e batendo, para cá e para lá:

– Quer apanhar, sua cadelinha?

– Ai, ai.

– Que ai, ai. Que nada.

Sacudiu-a pelo cabelinho:

– Sua puta. Me deixa louco.

Virou-a de costas, aos pinotes, com palmadas nas rijas doçuras.

Outra vez pendurado aos biquinhos rosados, girando-os de olho perdido:

– Qual o segredo do cofre? Me conte, anjo. A combinação qual é? Ah, me conte. Bem no ouvido.

Na pontinha da unha a estação de rádio clandestina, sem aviso, sai do ar. Nervosa, quase em pânico, como responder? Mais apavorada que excitada. Só de susto ela obedecia. Mas ele não achou bom.

– Assim que eu gosto. Ai, ai. Eu quero...

O chorinho de criança na roda de enjeitado:

– Mais, anjo. Mais, anjo.

Meio decepcionado, um tantinho enjoado. Dele pedir. Dela negacear – só que não sabia, a pobre.

– Não é beijo. Enfie a língua. Assim.

E irradiando a viagem entre as nuvens, que ouvisse lá embaixo.

– Ai, como é apertadinha. Me rasgou todo, sua desgraçada. Estou em carne viva. Todo esfolado. Me esvaindo em sangue. Ai, que eu morro.

Dardejando a língua no céu da boca:

– Ai, boquinha de menina de 10 anos. Nunca vi outra igual.

(Só com uma não deu certo – a santíssima esposa:

– O quê? Menina de 10 anos? Que menina é essa?

Testa franzida de censura:

– Como é que sabe?

– Não é isso, querida. Você não entende.

Já sentada para discutir:

– Se não conhece...

Cala-te, boca.

– ...como é que sabe?)

A menina, essa, bem que gostava.

– Apertadinha. Ai, me esmagando...

Ergueu metade do corpo:

– Veja, veja. Como é quentinho. Barbaridade... É só minha.

Mais dois tapas:

– Se você me trair, ouviu? Eu te mato. Me dá essa boca de dez aninhos.

Suspensa no ombro e calcanhar, quase desferia voo. Tão grande animação, ele esquecera de apanhar no paletó o bastão contra resfriado, o comprimido efervescente, o pozinho mágico.

– Você quer, sua putinha?

– Quero.

– O que você quer?

Acudia depressa, sem saber o quê.

– Quer tudo?

Ordenou que de joelho, rastejando, lhe tirasse a botinha.

– Agora a outra. Bem devagar. Assim. Agora a meia.

Era só exibição? Cada vez mais possesso, arrebatou-a pelas orelhas. Bateu com força, indiferente aos gemidos – não eram de gozo? Até confundiu as palavras:

– Enterre o... na minha...

Nesse instante o telefone tocou. Ele pensou: É a minha mulher. Ela descobriu. Ouviu tudo, a corruíra nanica.

Os dois em suspenso, sem piar nem bulir. Pelo toque irritado é ela. Como é que soube? Mal parava e tocava de novo. Se insiste, porque é sério. Meu pai morreu? Minha mãe atrope... Não, minha mãe não. Uma das filhas – oh, não, meu Deus – caiu da macieira?

Reparou na menininha, o que viu? Olho branco, espumando, mordia a fronha do travesseiro. Daí a araponga louca não parou mais:

— Viu como é boa? O telefone toca, toca. E eu não ligo. Veja só. Que maravilha. Veja, veja.

— Meu bem, você está chorando!

Não é que, de verdade, uma e outra lágrima lhe salgava o beijo?

— Por você, sua cadelinha. E você? Nem está gostando.

Ainda quentes pingavam na cara sofrida da menina.

— Eu não...? Você não vê? Você é um Hércules.

— Ah, é? Agora eu rasgo teu umbigo.

Não havia meio de rasgar.

— Você é o Mister Curitiba!

Graças a Deus, afinal gozou. Já estava fraco. De pilequinho. E tinha de chegar cedo em casa. Se a filha caiu da macieira?

Ai, o vampiro não havia perdido o canino. Que se enterrou mais fundo na nuca. Oh, não, Senhor. Começar tudo de novo? Só porque o chamou de Mister Curitiba?

— Sua grande...

Pronto, a arara bêbada entrou na linha cruzada.


# 17
## O despertar do boêmio

Cinco da manhã, rola cambaleante do táxi.

— Cuidado, doutor.

Em tempo agarra-se ao portão. Respira fundo. Sem dobrar a cabeça, agachado, corre o ferrolho – depois das cinco os ladrões não dormem?

Diante da porta, perplexo: outra vez esquecida a chave. Três toques de leve na campainha. Ao dim-dom responde no chorão a primeira corruíra. Bate na janela do quarto das crianças – nada. Quando acordam, a mulher já não dorme (se um dos dois não deve dormir, que seja ela).

– Mãe, abra a porta. O pai chegou. Brinca de esconder, pai?

No edifício vizinho os quarenta olhos negros de vidro.

– Ai, estou exausto... – e um pequeno soluço.

Espiando dos lados, insinua na fresta o cartão de crédito. Fácil espirra o pino. Devagarinho rangem as folhas.

– Diabo. Nem azeitar ela pode. Tudo eu? Sempre eu?

Ganha impulso, senta-se na soleira.

– Sem mim, que seria desta casa?

Cai de pé no tapete.

– Bonito, hein? Chegou tarde. Pulou a janela.

Revelha queixa de toda manhã:

– Os vizinhos bem se divertem. Tua fama é...

Com ele os miasmas alucinógenos de bebida, cigarro, cadela molhada. Livra-se do paletó, desvia no escuro a mesa e duas cadeiras.

– Ai que merda.

O maldito tacho pendurado no caminho. Esgrime com a folhagem e, no seu rastro, além de um sapato, folhinhas rasgadas de samambaia.

Acende a luz do escritório. Pisoteia a calça no tapete. Encosta-se no batente e, olhinho mortiço, de gozo, esfrega docemente as costas. Melhor que bebida e mulher, coça-se de pé contra o batente.

– Poxa, tão cansado... Essa Ritinha me acaba.

Em vão sacode o trinco, fechada a porta do quarto. Inútil bater, discussão transferida para o dia seguinte é meia discussão ganha.

– Um frangalho humano.

Busca no espelho a triste figura e vê, com admiração sempre renovada, o lírico e maldito rei da noite, maior tarado da cidade, último vampiro de Curitiba. Arrastando-se até a radiola, esquecido da mulher que assobia pelo nariz no outro lado da parede, escolhe um disco de Gardel. Abate-se no sofá e, ouvindo o dia em que me queiras, com a Ritinha no apartamento 43 do Hotel Carioca.

Dorme? Sonha talvez? Não, morre dos mil uísques nos sete inferninhos, os mil e um beijos das bailarinas nuas, rematadas pelo divino frango à passarinho no Bar Palácio.

– Salta uma banana ao rum para o doutor.

Entre as rainhas da noite quem de relance na janela do táxi? A própria mulher – a mártir, a heroína, a santíssima – que nos braços de outro se registra no hotel. Ele, aos urros na porta, quer matar... O sonho se desvanece ao mudar de posição no estreito sofá.

Língua de fogo titila na orelha, unhas douradas arrepiam a nuca e, ao morder um dedinho roliço, o eterno gosto de amendoim torrado ou batatinha frita. De súbito, em cueca e meia preta, plena Praça Tiradentes, às cinco da tarde:

– O meu sapato? Onde o meu sapato de pelica?

À procura do sapato perdido na famosa viagem ao fim da noite.

Uma cortina que se abre ruidosamente rasga o sonho de alto a baixo – a mulher inicia os trabalhos do novo dia. Atrás dela a trinca de trombadinhas.

– Mãe, lá no escritório. O pai dormindo. De cueca.

Só de farra, a menor sobe nas suas costas e, enroscada feito um macaquinho, tira uma soneca. O zéfiro quente na orelha, ele volta a dormir, nem percebe quando a ingrata o abandona pela mamadeira.

Mais tarde a cócega de seis olhinhos peganhentos:

– O pai está de cueca.

Repete a menor:

– ...de c'eca... ve'melha...

Meia bunda de fora era triste espetáculo – ainda se fosse bonita.

– Por que de cueca, pai?

E a terceira:

– Olhe o desenho, pai.

Bate-lhe no rosto com o pesado jornal.

– Fora daqui, sua pestinha.

Pronto a advogada das órfãs e viúvas:

– Credo. Não fale assim. A coitadinha quer agradar. E você sai com essa.

Gemendo, coça a barriga:

– Filhinha, um copo-d'água. Bem gelada.

– Nossa, pai. Cheiro ruim de boca.

Beberica no caminho, chega só com a metade.

– Vá buscar mais. Tomou tudo, sua diabi...

A distância o bruaá no maior volume do disco fora de rotação:

– Quebra a garrafa. Pare de mexer. Por que não pede? Já se molhou. Não aguento mais.

Uma traz o copo derramando no tapete. A outra na cozinha:

– Mãe, o pai de cueca. O pai de...

– Chega. Me deixa louca.

Chuva furiosa de pedra e vagalhão de folha seca:

– Gordo, levante. Acorde. Vista o roupão. De cueca é uma vergonha. Não deixe a mocinha ver.

Pugilista massacrado, inseguro das pernas, olho sangrento de murros. Apanha a toalha no chão, espreme a esponja úmida nas feridas, cospe o protetor dos dentes. Enfia o roupão de seda azul com bolinha branca – lembrança da lua de mel.

O roteiro de baba na almofada verdosa do sofá... Com ela dorme agarradinho e encolhido – poxa, carente de afeto? Ali a odisseia de suas madrugadas boêmias. No mapa de babugem a rosa dos ventos indica os oito mistérios da paixão.

Depois da almofada nojenta e do sofá negro de couro nada como a frescura do lençol branquinho, o travesseiro florido e – ó delícia – o cheirinho santificado da doce mulherinha.

– Como é bom... – geme e suspira, gozoso.

Sacudido com fúria, acorda sem fôlego.

– Que foi, hein? Hein, que foi?

– Meio-dia, Gordo. Que inferno. Levante.

Ainda choraminga:

– Não é domingo?

– Trate de levantar.

Bate porta, escancara janela, repuxa cortina:

– E leve tuas filhas ao Passeio.

Boa ideia, uma cervejinha gelada, longe da araponga louca do meio-dia.

– Não aguento mais. A cozinheira já foi. Você não ajuda nada. Só quer dormir. Com você não posso contar. Só pensa em você.

Flutua em pleno azul, voga no alto-mar, acima das pequenas misérias da vida.

– Levante. E traga um frango para o almoço. Eu não vou...

Ligeiro repente de fúria:

– Que você fazia no...

Então se lembra que foi sonho – ela não estava em nenhum táxi, nenhum Hotel Carioca, com nenhum amante – e sorri tranquilo.

– ...cozinhar. E trate de arrumar dinheiro. O da carteira eu gastei.

Ah, bandida. As últimas duas notas que salvou da eterna festa de Natal. Tateia o pulso e, ó surpresa, ali está – um relógio à procura de uma bailarina?

– Mãe, venha me limpar.

Ela troveja do quarto:

– Que inferno. Nessa idade não aprendeu a se limpar? No colégio não ensinam nada?

Mais gritos no banheiro, na sala, na cozinha – era com ele que discutia?

– Merda de casa. Nem dormir sossegado. Até no domingo.

Baixinho no travesseiro:

– Não seja nomerenta. Onde a psicologia infantil? Que tanto ralha, ó mulher?

Espicha-se na cama inteirinha dele.

– Ai, que tristeza.

Azia, outra vez? Se pedisse, quem sabe traria sal de fruta.

– Você levanta ou não levanta?!

Derrotado, insinua-se no banheiro. Abre a água quente. Pendura o roupão. Escova um por um os dentes.

– Maria.

– Que é agora?

– Cadê o sabonete que ganhou no aniversário?

– Não aborreça. Tem aí.

– Esse não. Quero o outro. Com que perfuma a roupa.

Um noivo toucando-se para as núpcias com o sol. Nenhuma ressaca física ou moral. A noite gloriosa no hotel. É domingo. E, além do mais, na força do homem – a Vênus de

Botticelli emergindo nuazinha das ondas. Qual Vênus, não é o próprio Hércules? O grande Mister Curitiba?

Domingo o dia inteiro, dispensado de fazer a barba.

– Como é, Maria? Vem o sabonete ou não?

Ei-la na porta e, divertida com o seu capricho, sorri. Ah, doce querida, ela sorri.

– Vem cá.

– O quê?

– Me alcance a toalha.

Agarrada pelo braço.

– Que tanto...

Puxa-a para dentro, fecha a porta.

– Os dois debaixo do chuveiro...

– Eu não entro!

Tristinho repara na cabeleira florida.

– Não sabe o que perde.

Penteada no chuveiro não.

– Então vem cá. Vamos conversar. Sente aqui.

– Olhe só...

– É sempre seu.

– ...o jeito dele.

– Veja como é quentinho. Fale com ele. Diga alguma coisa. Que gosta dele.

– Depressa. As meninas...

– Converse com ele. Diga o que você quer. Mostre para ele.

– ...já batem na porta.

– Faça o que gosta com ele.

– Só não me despenteie. O que você quer? Hein, hein?

– Dele não tem pena?

– Invente moda. Que elas estão aí.

– Fale com ele.

– E onde esteve ontem? Entrou pela janela, hein? Seu malandro.

Mas não está com raiva.

– Depois eu conto. Agora vem cá. Ponha as mãos ali. Assim.

– Você é louco.

– Agora faça como eu. Assim. Erga um pouco.

– Ai, Nossa. Deixei o forno ligado! O pudim... de leite...

– Pode quei...

Berros e murros na porta:

– Pronto, pai? Mãe, o que está fazendo aí?

– Bem que eu disse...

– Vão brincar no carro. O pai já vai.

Em quinze minutos perfumoso e garrido. As filhas no vestidinho branco de musselina, trancinha azul, sapatinho de verniz.

– Não esqueça o frango. Com farofa.

A menina corre aos gritos e volta com a nota maior – para a mulher só restou uma bem pequena!

No Passeio Público vão direto ao bar – os quatro mais que enjoados de ver macaquinho. Cada um sabe o que quer: laranjada para elas, a mãe proíbe, que faz mal. Para ele o enorme copo de água tônica com gelo e limão.

– Do que está rindo, pai?

No óculo escuro visões de batalhas heroicas.

– Bobice do pai.

Empanturradas do algodão de açúcar, bolinho de bacalhau, cocadas branca, rosa e preta:

– Vamos embora, pai?

De repente esfomeado. Compra o frango, sem farofa de que não gosta.

Na toalha engomada de linho as iguarias de domingo: macarrão, salada com maionese, pudim de leite.

– Quem trinchou o frango?

Bem quieta, a grande culpada.

– Este pedaço que nome tem?

Três vezes repete o macarrão.

– Prove o pudim. Eu que fiz.

Ele a olha:

– O açúcar queimou.

Ela ri:

– Está gostoso.

Saciado, abre os braços e boceja. Ela mais que pronta:

– Que tal uma volta de carro?

– Essa não. Que mania de sair.

– Então eu vou. Com minhas filhas.

Lá se foram as quatro muito ofendidas para a casa da sogra.

A radiola ligada no dia em que me queiras. Ele se refestela na poltrona. Não tivesse tanta preguiça, enxugava mais uma cervejinha. No olhinho bem aberto clarões de punhais e garrafadas no apartamento 43.

# 18
## O marido das sete irmãs

Das sete irmãs? O marido? Eu sei da história. Conheci bem o João.

Um caboclo do Caracol. Afeito a caçada. Tempo de paca, veado, capivara. Louco por carreira. Tinha mania de burrichó. Quanto mais pequetito, melhor. Para se deliciar com o orneio. Que dispara o coração da fogosa potranquinha.

Baixo, gorducho, bigodeira. Desde mocinho dado a mulheres. Famoso amante da grande Lurdinha Paixão. Ainda me lembro. Amarrava o tordilho debaixo da glicínia azul. A longa espera na sombra. Depois que a deixou, ela caiu na vida. Soberba, só recebia homem de posse.

Foi tropeiro. No punho o chicote de três tiras que arrasta no chão. Negociou com éguas e mulas. Dinheiroso, instalado no sítio do Caracol. Corrente prateada do patacão no colete. Gostava de se gabar:

– Arranho uma viola. E frequento mulher-dama.

Chapelão branco e terninho de brim cáqui. Botinha preta de gaita. E espora – arrancava grito das pedras.

As sete mulheres? Eram a legítima e duas irmãs que, desde o primeiro dia, vieram com ela. Mais a das Dores e a filha Rosa; ele preferia a mãe, que a moça era papudinha. E duas magrelas de cabelo vermelho, da família Paiva, eram primas.

Ao chegar, uma corre ao seu encontro na porteira. Segura a rédea da mulinha e o ajuda a apear. Ali na varanda ele se recosta na rede trançada de palha de milho.

A segunda tira uma botinha. E a terceira mais uma. A quarta já vem com o chinelinho de pelúcia.

Das Dores traz a chaleira de água quente e a cuia lavrada. E a seguinte oferece entre os dedos o enorme cigarro de palha. A sétima, essa, adivinha as ordens do querido amo e senhor.

Amigo de passeio, nhô João vai na mula de passo lerdo e atrás, a pé, cesto na cabeça, a Rosa com os quitutes. As demais cuidam da criação e lidam na roça.

Uma visita brada na cancela:

– Ó de casa!

As donas vergonhosas fogem para a capoeira. Quem atende à janela é a loirinha das Dores – seria a predileta?

Nhô João foi no mesmo dia registrar dois filhos. O escrivão consulta o juiz, que o interpelou, divertido:

– Que é isso, nhô João? Dois filhos? De mãe diferente?

– São todos filhos de Deus.

Afinal contentou-se com as irmãs. Eram três, nunca que sete. Eu via de longe. Na cama como ele resolvia? Nessa intimidade nunca entrei. Nem sei qual era a legítima. Moças de prendas e finos modos. Fez filho nas três.

Que lhe lavavam os pés. Uma trazia água esperta na gamela. Outra enxaguava de joelho. E a terceira os esfregava na toalha branca de franja.

Uma delas morreu de parto. Oficiar o padre não queria, o castigo das irmãs pecadoras. Nhô João surgiu na sacristia, estralou na bota o chicote, retiniu uma e outra espora:

– Mecê acompanha, benze e canta.

E o vigário mais que depressa. Feito o enterro com todas as honras, nhô João não quis ficar sem três. Lá nas Porteiras, lembradas pelas doces jabuticabas, se engraçou de uma caboclinha.

Que era, com perdão, mulher da vida. Toda dengosa e muito branca. Quando o visitei, a Teteia já reinava na casa. Me recebeu com licor de ovo e broinha de fubá mimoso.

Depois morreu outra irmã. Nhô João que fez? Da Lagoa das Almas trouxe na garupa a moreninha de fita amarela na trança.

Passaram-se anos. Daí finou-se mais uma – seria das irmãs? Nhô João deu uma loucura nele. De casa tocou as últimas duas.

Bombacha cinza listada, lenço vermelho no pescoço, quem eu encontro na porta do fórum? Preparava os papéis para casar. Menina jeitosa e enfeitada. A caçula dos Padilha, façanhudos bandidões.

– Está na hora, nhô João, de amarrar a mulinha na sombra.

– Ainda arranho viola.

– Casado com uma só?

Gargalhou, sacudiu a barriguinha, buliu a espora:

– E frequento mulher-dama.

Três anos chegou a desfrutar – ou foram três meses? De noite a mocinha lavou-lhe os pés.

– Nunca me senti tão bem.

Ele arrepiava-lhe a dourada penugem da nuca:

– Nunca mais, Lili, que eu morro.

No almoço repetiu o virado com torresmo. Espichou-se na rede forrada do pelego branco. Ali na varanda regalado com o orneio do burrichó.

De tocaia o bandido atrás do poço. Foi um tiro só. Espantou da laranjeira o bando de pardais. Quieto, nhô João baixou a cabeça no peito.

De repente a casa aos gritos:

– Venha, Dutinha.

– Corra, Lili.

– Acuda, Graciela.


# 19
# O barquinho bêbado

Bêbado, onze da noite, voltava para casa. No rumo de casa, mesmo que lá não chegasse. Mulher e filhas viajando, Curitiba toda sua.

No ponto de ônibus, a menina de calça comprida azul, blusa rósea de seda, bolsa branca de cursinho.

– Entre.

Tão decidido, ela nem relutou.

– Que eu te levo.

Alta, peituda, o mulherão sorriu: era toda dentes.

– Entre, minha filha.

Ela obedeceu, a bolsa volumosa no colo. Amigos de infância, Laurinho contou-lhe a vida inteira. Ela não aluna, mas professora, 30 anos, casadinha. Muito distinto, não a tocou. Ria fácil, ela ainda mais.

Insinuou-se de carro na garagem. Escuro, ninguém ia ver. Cruzaram a cozinha, o corredor, a sala, até o escritório, mais conchegante no sofá de veludo.

Trouxe o gelo no baldinho. Serviu doses duplas da velha botija.

– Ao nosso encontro!

Mal se distraiu, ela desceu a mão e segurou.

– Seu diabinho reinador.

Só então o primeiro beijo. A peça em penumbra, ele também com pouca luz. Iniciativa da língua foi dela. Ao retribuir, o arrepio de susto no grampinho do canino.

– É a minha perdição, querido. Sabe que o meu marido...

Debateu-se, o nariz afundado no terceiro seio.

– ... eu nunca traí?

Copo na mão, celebrou o barco bêbado de papel, que era ele mesmo. Na viagem ao fim da noite, fazendo água e ardendo em chamas. Assombrado por hipocampos voadores e pontões vermelhos de olho fosforescente.

– Um sujeito como você. É uma sorte. Nem todas têm a mesma sorte.

O tipo fabuloso agradecia os assobios e as palmas.

– Agora aparece a das Dores na tua vida. Tua esposa não sabe a sorte que tem. Como você é bacana...

Deslumbrado, a primeira mulher que o compreendia.

– ...e consequente.

Se voltasse à cena, repetindo o famoso número?

– Ali o banheiro.

Aos tombos correu para o das filhas. Quando ela voltou, já estava na cama, peladinho, a ponta do lençol erguida. Luz do corredor acesa, o quarto em penumbra. Com a roupa na mão ela escondia os mamelões. Só de calcinha, das antigas, rendas e fitas, da coxa ao umbigo. Coxa de dona madura, grossa que vai afinando.

Ainda a grande amante da madruga, a musa dos anos 1940, pão e vinho da última ceia. Pudera, não o achou culto, falastrão, sedutor?

Ela deu a volta e enfiou-se debaixo do lençol. Ai, a falta que um espelho faz. O responsório da velha liturgia:

– Quedê o toicinho daqui?

– ...............!

– Quedê o fogo?

– .........? ...................?

– Quedê o boi?

– .....................? ...........................!

Aluna, por que desbocada? Professora, nenhum palavrão.

Ele exigiu todas as variações, por cima, de lado, por baixo, cabeça trocada. Para beijar como ela beijava traía o marido com o próprio marido.

Até que foi aquela gritaria. Depois a célebre cochiladinha. Acordou assustado, olhou no pulso: duas horas. Entrou no chuveiro, barbeou-se, trocou de óculo. Sentou-se na cama. Acordou-a para que o visse.

– Mãezinha do céu! Esse bonitão quem é?

Depressa tirou o paletó, gravata, camisa, calça, sapato. Montou a eguinha dócil e, na falta de chicote, bateu com a mão aberta.

Mais um banho. Ela sugeriu que os dois, ele não quis. Ela pedia uma touca – deu a da mulher. Cada banho ele usava uma toalha. Era só toalha pelos cantos.

Demorava demais, a das Dores. Impaciente que fosse embora. Não estaria remexendo nos brincos e pulseiras da mulher? Abriu a porta, retocava-se no espelho, ainda em calcinha. Cara medonha rebocada – Desdêmona travestida do Mouro de Veneza.

– Não está pronta?

Trinta anos que eram mais de 40.

– Só um minutinho.

Bem igual à mulher. Esfregou as mãos de nervoso. Ao ficar de pé – oh, não – mais uma baixinha.

– Não achei o sapato, bem.

Olhou de relance o pé – e do que viu não gostou.

– Deixou lá no escritório.

Foi atrás dela, não tocasse nos seus discos e livros. Uma ratona parda de gravata-borboleta, esse era o sapato.

– Agora vamos.

– Sei fazer café bem gostoso.

Toda bandida sempre esfomeada.

– Deixe o gostinho bom da bebida.

Ela se extasiava na sala com o toque pimpão da mulher, museu de horrores, monumento ao mau gosto. Achou a filha na moldura muito parecida com o pai.

– Eu tenho dois. O rapaz de dezoito. A mocinha de quinze.

Sofria demais com o marido, monstro moral que...

Rompeu a toda velocidade, nauseado com a morrinha da pintura. Fraquinho, enfarado, arrependido. À luz crua da manhã, não era a avó torta da menina do cursinho? Se olhasse na bolsa, em vez de livro e caderno, o longo verde de cetim, meia maçã e broinha de fubá?

A corrida aflita e, apesar dos grandes silêncios, sempre um galã.

– Pare na esquina, bem.

Ele parou e, sem desligar, acelerava.

– Quando te vejo?

– Duas da tarde. Espere aqui mesmo. Combinado, querida?

Essa, nunca mais. Aperto cerimonioso de mão. Arrancava cantando o pneu.

Estacou no primeiro bar. No balcão infecto, média com pão e queijo. Mastigou sem gosto. Ao lado, o tipo de naso vermelho enterrado na espuma da cerveja. Ainda ou já? Bem barbeado, já era.

Adentra ligeiro a casa, a boca salivando. No banheiro, ajoelha-se, mete a cabeça no vaso – e invoca o nome de Deus. Despeja todo o café. Fagueiro bem-estar, levita sobre as toalhas. Epa, grãos de areia no olho, a golfada amarela de bile.

Grandes goles de água mineral no gargalo. De novo de joelho no tapete felpudo vermelho. Do fundo da alma o uivo fulgurante, a baba fosfórea no queixo. A cara lá dentro, reduzido ao que é, mísero anão de privada. Nos estertores, geme baixinho e suspira longo – até que faz bem.

Soluça as lágrimas de barata leprosa. Afasta do olho o cabelo molhado até a raiz. Fraqueza na panturrilha, agarra-se pelas paredes, aspira todo o ar da janela. Sacudido de arrepios – ai, ai, ai. Barquinho bêbado jogando no alto-mar da agonia.

Ao meio-dia deita a cabecinha no travesseiro – pior que a famosa náusea do espírito só a do pobre corpinho.

Geme pelo anjo que lhe segure a testa. Com a mão fresquinha enxugue o suor frio da morte na alma. Que lhe dê na boca o chazinho de losna – o mesmo que a mãe fazia para o pai – bem gelado.

– Mãezinha...

A mãe lhe amparava a testa, já a mulher não.

– ...eu quero morrer.

Aperta a veia no pulso – por que bate, ó Deus, tão depressa? –, medroso de contar. No relógio da sala as duas pancadas do juízo final. Consolo único que, em vão o espera, a das Dores da sua vida.

Só não sabe que, na pressa, ela esqueceu no estojo da mulher um dos brincos dourados.

# 20
## O quinto cavaleiro do Apocalipse

A dona chama ao pé da escada.

– Sabe quem está aqui?

Em resposta o resmungo de um palavrão.

– O André.

– Já vou lá.

O amigo sorri para a gorda baixinha.

– Como vai ele?

– Fica deitado, bebendo. Sonha acordado com dinheiro. Telefona, folheia o jornal.

Amparado no corrimão, ele desce em cueca rosa, chinelo aberto de couro.

– Que calor, hein?

A mulher sacode a cabeça, arzinho de censura.

– Amigão velho. Que agradável surpresa.

– Grande saudade. Que aconteceu? Você não aparece mais.

Atormentado pela corruíra nanica, araponga louca da meia-noite, medusa de rolos coloridos no cabelo, sai desesperado em busca do primeiro amigo.

– Conhece o meu drama.

João acomoda-se na velha poltrona de couro, um calço de madeira no pé quebrado. Coça os pelos pretos ao redor do mamilo.

– O que está olhando, mulher?

Cruza o gambito seco e branco riscado de veias azuis.

Ela, sem graça, quem diz: Esse João.

– Espiando as minhas belezas?

– Admiro a tua postura.

– Não tenha medo. Sei receber uma visita.

Metade das vergonhas à vista – nem são belas. Balançando a perna, estala o chinelinho no alvíssimo calcanhar.

Na mesinha ao lado toca o telefone. Ele escuta e sem tapar o bocal:

– É esse rapaz. Cheque sem fundo. Mais um.

Vira-se para o janelão, aos brados:

– Pedrinho. É com você.

A voz esganiçada lá fora.

– Quem é?

Desempregado, com mulher e filho, instalados no quarto sobre a garagem.

– É do banco.

Nenhuma resposta. A dona cochicha:

– Diga que não está.

João inclinando a cabeça para trás e devassando as ricas prendas.

– Como é? O gerente diz que...

Ecoa na sala o berro furioso do filho:

– Não encha, velho. Vá à pequepê.

Sem se perturbar, ergue o fone:

– Amanhã? O último dia? Dou o recado.

E sorrindo, quem sabe divertido, para o amigo:

– Não estranhe a linguagem. Sabe como é. Essa nova geração.

Entra o caçula Dadá. Vinte anos, quase 2 metros, magro no último. Carinha imberbe, macilenta. Falhas no cabelo, das aplicações de cobalto. Roupão felpudo sobre o pijama azul, canela à mostra. Eterno riso baboso, cumprimenta o amigo do pai.

– Sabe que não divide? Até hoje.

Mão trêmula, alcança a garrafa – menos da metade – sobre a mesinha.

– Meu problema é não ter fé. Faço força. Em nada acredito. Podia escrever como aquele poetinha. Na parede branca da igreja – *Merda para Deus.*

Relutante, pisca o olhinho vermelho.

– Você quer?

Mesmo com vontade, o amigo recusa – para que serve o amigo?

– Essa aí corre atrás de charlatão e curandeiro. Até a famosa Madame Zora, benzedeira, vidente, ocultista. Experimenta vacina, pílula amargosa, garrafada.

Bebe aos pequenos goles, sem água nem gelo.

– Já me ensinaram umas orações. Eu rezo, não nego. Mas não acredito.

O rapaz, que adora o pai, ri embevecido. Repuxa a perna mais curta da operação – ai, tarde demais.

– Não repare. Oito anos de idade mental.

O filho imita o gesto. Repete a palavra na mesma inflexão:

– *Esse nego pachola é uma besta.*

– Ele não divide. Soma. Diminui. Multiplica muito mal. Dividir que é bom, nada. Não é, meu filho?

– *Esse nego pachola...*

– É feliz. Do dinheiro não tem noção. Incapaz de fazer um troco.

– *...é uma besta.* Há – há.

– Sua paixão é o Nero. Olha a fera latindo lá fora. Com medo do escuro. É a sua primeira e única namorada.

– Que é isso, João? O que o André...

– A paixão do oligofrênico. Bom título, hein, para chorinho brejeiro.

– Ai, Jesus. Hoje é dia de injeção. E são nove da noite.

– André, você sabe aplicar? Ele não sabe, Dadá. Tem que ir sozinho. A farmácia ali na esquina. Se não a achar, meu filho...

– Nossa, João.

– ...siga para a roda dos enjeitados.

– O que o André vai pensar?

Mais uma dose, mais um gole. No riso feroz joga para trás a cabeça. De relance o brilho róseo da dentadura superior.

Alegrinho, o rapaz interfere na conversa. O amigo quer dar-lhe atenção. De conta que não ouve, João o ignora. Dividida a mulher entre os dois, porque é mãe.

– *Boba foi a Princesa Isabel. Não assinasse a Lei Áurea...*

Curvado de tão alto, o mesmo gesto, a mesma inflexão do pai.

– *...agora o quintal cheio de negrinho.*

– Além de idiota, esse animal...

Que arranca um punhado de cabelo, sorrindo olha-o cair no tapete.

– ...é escravocrata. Sabe que estou igual a ele?

– ...

– Sem coragem de ir até a esquina. Comprar o jornal e o cigarro. Sabe que não dirijo mais? A rua me dá medo.

– ...

– Será que você não escuta?

– O que, João?

– Lá na esquina. Outra vez o relincho. Do quinto cavaleiro do Apocalipse.

– Bobagem, meu velho.

– Sabe o que diz essa aí? *Seja homem, João!*

– Não se entregue. Reaja.

– Essa aí que me faz a barba. E corta o cabelo. Ó guia tutelar. Meu anjo benfazejo.

O rapaz ouve deslumbrado para depois repetir.

– Não fale bobagem, João. O que o André...

– A mãe de dois idiotas. Ser mãe não é gozar no inferno? Ainda bem que sossegado, o Dadá.

Bate o chinelinho e pisca para o amigo:

– Sabe o filho cretino do Bento?

– Credo, João.

– Se o Bento se descuida ele come a Dulce.

– ...

– A Dulce é a mãe.

Virando-se para a dona aflita.

– E a minha sopa, mulher?

– Com licença, André. Hoje está impossível. Só não repare.

Na passagem agarra a mão do filho.

– Você vem comigo.

João cruza os pés sobre a mesinha, espreguiça-se.

– Será da bebida? Olhe. O bichão em riste.

– Feliz da Maria. Entre duas almas a única ponte...

– Muito bobinha. Educação antiga.

– ...é o falo ereto.

– Uma vez peguei uma doença. Chego em casa esfregando a testa. Ai, maldita sinusite. Daí não resisti. Enfiei nela quatro injeções. E a burrinha nem desconfiou. Cuidado com a pistoleira de inferninho.

– Hoje tem tanta moça de programa.

– Minha lua de mel em Paquetá. Três dias para entrar na Maria.

– ...

– Era duro cabaço.

– ...

– Só consegui no terceiro dia. Ficou toda faceira, a pobre.

– Já o velho Tolstói na primeira noite com a gordinha Sófia... Só dores e gritos.

Bocejando, João estende os braços em frente, acima, atrás da cabeça. Aperta as mãos, estrala o nó dos longos dedos – a unha roída até a carne viva.

– A Beatriz, lembra-se? Dançando tango no clube? No passinho floreado, borbulhava debaixo do braço. E girava com o tenente Lauro. Erguia o pezinho atrás. O salão só para os dois. Tão linda – e a espuma fervendo no sovaco.

– No tango ela era o Rodolfo Valentino.

– Eu e você, no domingo, espiando lá da moita.

– A corrida tonta das polaquinhas atrás da igreja.

– Lenço azul florido na cabeça, blusa rendada amarela. Mal erguiam a comprida saia vermelha e abriam a perna.

– De pé. Olhando ariscas para o lado.

– Do jato espumante a fileira de buracos na terra preta.

– Ó santas polaquinhas sem calça.

A dona volta com o prato cheio até a borda.

– Deixe aí na mesa.

Enche a colher e, ao soprar, espirra nos cabelos do peito – um e outro branco.

– Que droga, Maria. Esqueceu o queijo.

– Já misturei, João.

Treme na mão a colher fumegante de letrinhas. O amigo e a dona inquietos – ele já derrama. Ergue a colher, faz bico, chupa ruidosamente.

– Eu não disse?

Uma gota escorre até o cabelo crespo do umbigo. A dentadura mal ajustada, os grossos pingos no peito, de cueca rosa, que merda.

– Bem me lembram o velho Pangaré.

O grande João, um galã, assassino de corações, é isso?

– Sabe o Pangaré? No trote meio de lado. Nunca me enganou. Aquele olho grande. Branco e úmido.

– ...

– Era veado, o Pangaré.

A mulher interrompe:

– Tenha paciência, João. Por que não põe a bandeja no colo? E usa guardanapo?

Ele olha, arzinho de deboche.

– Enfio nos cabelos do peito?

– A Maria tem razão.

Cordato, pega a bandeja, coloca-a sobre o joelho.

– Mulher indigna.

Com os risos quase vira a bandeja. No chá do clube o nego Bastião serve a broinha de fubá mimoso feita na hora. Bom costume, cada um apanha uma só. Ele oferece pelo salão a peneira cheia de broinha. E a Fafá com a mãozinha papuda: *Uma para mim. Uma para Titi. Outra para...* Essa não, o Bastião já recolhe a peneira: *Mulher indigna.*

– Gorda, de bigode, sombrinha lilás. Enfiava a broinha no mamelão do seio virgem. Lembra-se?

– Dela e da sombrinha. Era mesmo lilás.

Umas sete colheradas, olho vermelho meio fechado pelos vapores capitosos.

– O cheiro da bola de couro, lembra-se? De que o Ivã tanto gostava.

– De couro, sim, com listas.

– Esse cheiro de infância, ai de mim. É o pobre vestidinho de tia Lola, pendurado no cabide. Ali enterrava a cabeça, respirava fundo. Jardim das delícias, nele me perdia.

– Não foi ela que morreu? Com 15 anos?

– O cheirinho está comigo. Na dobra da pele. Debaixo da unha.

Repõe a bandeja na mesa, ao lado da garrafa. Acende o cigarro e cruza a perna.

– Olhe os modos, João.

– Você insiste no Zé de nhá Eufêmia. Mas foi o Pacheco. O viúvo com as filhas mais feias da cidade. Conheceu as Pacheco?

Com a unha borrifa de cinza o caldo imaculado.

– Eram medonhas.

A dona preocupada com a cinza.

– Um cafezinho você toma, André?

Antes que ela alcance a bandeja, João afunda na sopa o cigarro, que chia e fica boiando.

– Me desculpe, Maria. O café me tira o sono.

– Olha, meu velho. Aqui entre nós. Li o seu último livro. Sabe do quê?

– Primeiro escrevo. Depois me arrependo. Ou nunca mais escrevo.

– Sobre o que viu já contou tudo. Você precisa, André, escrever sobre o que não viu.

– ...

– Falando das Pacheco. Se te dissesse que alguém serviu-se da mais feia?

– A Carlota, que era anã e corcunda? Ó céus, essa não.

— Essa mesma. O próprio tenente Lauro.

Ali na sala o sossego da pracinha onde o pulo de um sapo era distração.

— Que será da Heloísa? Que fim levou a deusa da nossa primavera?

— Hoje se parece com a Zezé do Cavaquinho. Buço negro e tudo.

— Foi linda. Mais que Zenóbia, a famosa rainha de Palmira.

— Por ela tio Paulo vendeu todas as joias da mulher.

— Pudera. A mulher dele, tia Cotinha, era homem.

— Cabelo de homem, voz grossa de homem, botina de homem.

— A Heloísa foi fiel ao tio Paulo?

— Então não sabe? Deu uma carta para ele botar no correio. Que abriu no bafo da chaleira. Era a carta...

Espicha os braços e estrala os finos dedos de ponta amarela.

— ...para o amante.

Às gargalhadas os dois. De volta a mulher, séria.

— Sabe quem a roubou? Foi o... Não me acode. Como é o nome do coisa? O grande senador. Com olho branco vazado e tudo.

— Não me conformo. Tio Paulo enterrado em Antonina.

— Foi a vontade da Cotinha.

— Pior não é isso.

— ...

— É que ela morreu. E foi junto.

— Ele para sempre junto de quem não queria.

— Mais sorte do nhô Silvino Pádua. Deu catarata nos dois olhos. Só repetia baixinho: *Meu consolo é que, em vez de nhá Zefa, vejo uma nuvem.*

– E o Quinco, o pobre. Encontrei há tempo na rua. Sabe o que disse? *Agora estou...* E o dedo torto inclinado para o chão. *Viver para que, João?*

– Também com 70 anos.

– E a Raquel, lembra-se? Jogando vôlei no calção preto de elástico?

– O mesmo joelho grosso do pai.

– E a coxa mais branca na face do abismo. Foi prometida de um capitão. O meigo rosto sempre arranhado pela barba do noivo. Ó penugem mais lisa na nuca de traiçoeira lagarta-de-fogo.

– Virgem louca, loucos beijos. Morreu solteira, a triste. O capitão Vasco era bicha.

– E a Dolores? Que era separada. Tinha furor. Ficava encharcada de suor. A filha aos gritos no quintal com o piá da vizinha. E a Dolores ia com um depois de outro.

– Ai de mim. Minha vez não chegou.

– Nem carecia pagar. Dava porque gostava e precisava. Cortou o pulso pelo Nando.

– O Nando era bonitão. Mas vaidoso. Reparou como ele andava? *Veja*, dizia a bundinha. *Como sou gostoso.*

– Menos do que pensava que era.

– Sábio era o Dico. Desde rapazinho. Mandavam ao sítio comprar erva. Saía direitinho a cavalo. Ali na Estrada das Porteiras esquecia a erva. Para comer goiaba na chácara de tia Colaca. Eles já sabiam. Rangia a porteira, era o Dico atrás de goiaba.

– Ai, goiaba vermelhinha nunca houve. Igual à da chácara de tia Colaca.

– E a Lili Pinto? Que eu vi descalça na loja do Elias Turco. Comprava papel de seda encarnado. Loira, o pé grande na areia quente. Por ela eu roubava e matava. Com meus 10 anos. Já era doido por mulher. Ela na flor dos 16. Por ela São

Jorge lambia os pés do dragão. No vestido de chita azul com bolinha branca.

– Hoje mais feia que Joana, a Rainha Louca.

– Sabe o nego pachola? A que se refere o escravocrata. Esse nego de beiço roxo e bunda baixa. Bêbado na perninha vesga. Gemendo e chorando a velha paixão pela Sílvia.

– Ó Sílvia que foi minha, que foi tua, que foi nossa.

– Ano passado cruzei com ela. Na Praça Tiradentes, era domingo, três da tarde. Torto no colo o cachorrinho pequinês, inteirinha bêbada. Ainda bem não me viu.

– Agora você foge. Antes corria atrás. De joelho e mão posta.

– E a Laura? A famosa Laura, por quem o Tadeu jurou a morte do Nonô.

– Com um tiro nas costas na casa da Rita Paixão.

– Não foi brio do Tadeu. Ela era doente.

Olho risonho para a mulher que, estalando as agulhas do tricô, ouve distraída.

– Sofria daquela doença vergonhosa.

– Que vem lá das entranhas.

– A Laura passou por mim. Faz dois meses. Foi na Rua Riachuelo. E não era a Laura.

– ...

– Era um bode de barbicha.

– O Nonô tocando violão, de costas para a janela. Sentado na cama da cafetina. E o assassino só afastou a cortina xadrez. Ele caiu vomitando sangue na colcha de retalho.

– A célebre morte do Nonô. Uma gota de sangue espirrou em mim e você. O grande boêmio e galã. Ele, sim, teve todas as mulheres.

– Irmão do Tibúrcio. Que se matou debaixo de uma laranjeira. Por amor contrariado.

– O tiro no ouvido esquerdo. Deu volta na calota e saiu pela boca.

– Paixão recolhida foi a minha. Pela Eunice. Você não conheceu. Sorriso triste, não falava. O silêncio mais inteligente que todos os salmos de Davi. Que dentinho doce, que olho mais azul.

– A Eunice? Dos Padilha? Fraca da ideia, coitada. Não desconfiou pelo sorriso? Até hoje molha a cama.

– ...

– E a Glicínia, que era ruiva? A irmã ainda mais. Só que bonita.

– Tão enfeitada que o marido dizia: *Parece biombo de puta francesa.*

– Que audácia a do velho Bortolão. Sempre na casa da amante. Desfilava com ela no circo. Dona Celsa, a triste, toda linda e branca. Roía a unha atrás da vidraça.

– Tanto roeu teve câncer no fígado.

– E a única Percília no passinho de gueixa, mantilha·e sombrinha verde. Exibia o dedinho na luva de crochê: *Fui noiva do tenente. Só eu.*

– O famoso tenente Lauro.

– *Se duvida, veja a aliança.* Tirava do dedo e, para confusão geral, ali as iniciais: *L. T.*

– Hoje um tipo popular. Saia vermelha e descalça. Os meninos lhe jogam pedra na rua.

– E da Rosita você esqueceu?

João coça deliciado uma pereba no cotovelo. Espicha a comprida perna sobre a mesa – a unha cravada no dedão.

– Me cuido. Soube do tio Artur? Evito a flebite. Me diga uma coisa.

– Decerto. Rosita, por quem um viúvo, não me lembro o nome...

– Ela pensava que era a Jeanette MacDonald.

– O mesmo riso argentino.

– Só que a Jeanette MacDonald com piorreia.

– Ai, como esquecer a Viviane Romance? De franjinha, enrolando a eterna meia preta na coxa fosforescente?

– Minha paixão foi a mulher do Tyrone Power. Como era o nome?

– Anabela.

– Mamãe não gostava. Dizia que tinha olho ruim. De dona traidora. Ainda mais francesa.

– Quando ela apanhou sinusite fiquei na maior aflição.

– Sabe o que fiz? Hoje posso contar. Escrevi três cartas de amor para a Diana Durbin. Em português castiço, assinatura e endereço.

– ...

– Ao pé da página – prova suprema do amor – o contorno em nanquim do falo ereto.

– Pior foi o Neizinho, lembra-se? Com a notícia do noivado dela, sem poder ir à Califórnia, cortou fundo a gilete nos dois pulsos.

– Pela Ann Sheridan o primeiro porre de gim. Entrei em coma. Lembro que estava de suspensório de vidro. E de liga – era o tempo da liga presa com botão.

– E o grande Ramon Novarro? Ai, que nojo. Eu queria ser como ele.

– Bicha mais louca.

– Lembra-se da morte? Setenta anos, bêbado e místico. Caçou dois rapazinhos. Uma orgia, sim. Mas de sangue. Aos socos e pontapés, massacraram o nosso galã. Uma posta sangrenta de carne. Denunciada aos vizinhos pelo mau cheiro.

– Como era a frase de Jesus? Ao que tem, tudo lhe será dado. E ao que nada tem? Até isso lhe será tirado. Não bastava o grande Sócrates. E o pobre Tchaikovski. Era preciso o Ramon Novarro.

– Ele, sim, cavalgou na garupa do quinto cavaleiro.

– Sócrates, Tchaikovski, Ramon Novarro. Ainda podia entender. Mas e a Greta Garbo?

– ...

– Por que lésbica? Tinha mesmo de ser? Então nada é sagrado?

– Pobre amigão velho de guerra.

– Tenho ereção. E não posso acabar. Já viu isso?

– Não será o contrário?

– Muito engraçado. Um médico me receitou injeção. Dura não sei o quê.

– O nome diz tudo.

– Eu sou burro? Com a minha hipertensão. Sabe que me salvei do derrame? Faz um ano. Do ouvido e nariz esguichou sangue. Tomo uma injeção dessas, olhe aqui...

Dá uma banana com o braço.

– ...estou fodido.

– Então não abuse.

– Veja bem. Não é falta de ereção.

O dedinho empinado diante da mulher posta em sossego.

– Não consigo é acabar.

– Você que é feliz. Já eu... Com a minha ejaculação precoce.

Eis a filha que entra, nervosinha. A mais velha, beirando os 30 anos. Foi noiva, mas o noivo fugiu.

– Madame Zora telefonou, mãe. Sabe o que disse?

– Não cumprimenta o André, minha filha?

– Oi, tio. Tudo bem? É inveja, mãe. Devo me cuidar da inveja.

– É mulher de terreiro?

– Só frequentado por gente fina.

– Damas e galãs.

– Não acredite em bobagem, menina. Você tão bonitinha. Inveja só faz mal ao invejoso, nunca ao invejado. Lá em casa deixaram uma vela amarrada em laço preto – obra do capeta. Daí chamei nhá Chica. Que é feiticeira. Pegou um galho de arruda. Fez as rezas em volta da casa. Entregou a vela enrolada em jornal: *Vá, meu filho. No primeiro rio jogue esse embrulho. A favor da correnteza.* Assim eu fiz. E a inveja se foi.

– Sabe, mãe? Que o tio tem razão? Onde é a casa de nhá Chica?

– Está muito nervosa. Amanhã o vestibular.

Grande olho aceso, perna encolhida no sofá, sacudindo o pezinho.

– Não seja boba. Dá tudo certo.

– Diga boa-noite para o André. Amanhã eu madrugo. Um dia cheio. Com a menina no vestibular. E o rapaz no hospital.

Risonha sai a mãe abraçada na filha.

– Merda, o fim da garrafa.

– Também já vou.

– Um filho mandando à pequepê. Outro é escravocrata. Tem os dias contados. A filha com mania de terreiro. Gemendo e chorando o noivo perdido. E eu, ai de mim. Era a última garrafa.

Acompanha o amigo até a porta.

– Daqui não passo. Aí fora me dá medo. Olhe lá, o grande puto.

– Não vejo ninguém.

– Ele sabe a quem relincha.

Descansa-lhe no ombro a mão delicada.

*101*

– Apareça, amigão velho. Não esqueça o conselho, hein? Escreva sobre o que não viu.

Treme o lábio e pisca o olho. Mas você chora? Nem ele. Ainda é um durão.

# 21
# Uma negrinha acenando

Seis e meia da tarde, na estrada. Calça azul berrante e blusa vermelha.

– Dá uma carona, moço?

Gostou de ser chamado moço. Ela sorriu: nenhum incisivo superior.

– Suba.

Sandália velha de couro. Sem bolsa.

– De volta do emprego?

– Estou paquerando.

– Não diga. Faz isso todo dia?

– Quando não chove.

– Desde muito na vida?

– Faz um ano. Uma ruiva me trouxe. Ela também paquera.

– Quem foi o primeiro?

– Meu noivo. Queria saber se era moça.

– Ficou grávida?

– Tive um menino. Quase um aninho. Chuva ou sem chuva, são dois pacotes de leite por dia.

– Teus pais sabem?

– Pensam que trabalho de diarista.

– Como é a paquera?

– A gente faz sinal. Até que alguém para. Às vezes fica freguês.

– Aonde vão? Alguma casa?

– Que casa. No caminhão. No mato.

– Você faz tudo?

– O normal.

– Sente algum prazer?

– Difícil. Eles sempre com pressa.

– Quanto você cobra?

– Meia nota.

– Hoje foi bom?

– Não ganhei nada. Tem dia bom. Depende da sorte.

– Qual o pior dia?

– Quando chove. Ou muito frio. Cato graveto e acendo foguinho debaixo da ponte.

– E a hora pior?

– Do almoço. Daí eles não param.

– Você almoça?

– Eu, hein!

– Como você vem?

– Cedinho saímos de casa, eu e a ruiva. Andamos um bom pedaço. Medo de meus pais. Daí ficamos pedindo carona. De repente um para.

– E a volta?

– Mais custosa. Ainda se ameaça chuva.

– Já anoiteceu na estrada?

– Um par de vezes.

– Quando amanhece chovendo?

– A gente não vem.

– Qual foi o melhor dia?

– O dia que peguei sete.

– Já tenho visto na estrada essa calça azul.

– De onde o senhor é?

– Estou de passagem. Há muitas como você?

– Uma em cada curva. Muita menina. De 13 e 14 anos. Dão até por amor.

– Onde?

– No matinho. Atrás da moita.

– Não engravidam?

– Lá são bobas feito eu.

– Esses dentes. O que aconteceu? Tão novinha.

– Doía o do meio. Bem aqui na frente.

– Quem te atendeu?

– O dentista do governo.

– Por que tirou os outros?

– Eu disse: "Dói aqui." E ele: *Já viu debulhar milho?* Daí arrancou os quatro.

– Chegamos. Aqui você desce.

– Até qualquer dia, moço.

O sorriso puro dessa grande festa de viver.

# 22
# O grande deflorador

—Maria é o meu nome. O mesmo da mãe de Nosso Senhor.

Exala a mentruz com arruda. A patroa não quer saber – o cheiro da santa? Que tome dois banhos por dia.

– Escolha o arroz. Já lavou a roupa? Grande preguiçosa. Varra a calçada.

– Não sou sabão. Em duas não posso me repartir.

Tanto bastou que a patroa:

– Erga-se daqui, ó coisa. Suma-se. Rua.

Lá se vai Maria com sua trouxinha.

– Hoje fiz uma oração para São Jorge. Que cuida do boi e do cavalinho.

De pequena perdeu o pai. Vingaram ela e o caçula. Sete anjinhos haviam nascido e logo morrido.

A mãe conhecia os mistérios do mundo. Cada vez que faltava uma criancinha:

– Deus chamou. Deus quando chama sabe o que faz. Esse que aí está não seria um malfeitor?

Eles tinham tudo em casa. Tudo quer dizer a carroça, o arado, dois cavalinhos, a criação de galinha e porquinho, o paiol de feijão, batata, abóbora. E – grande orgulho da família – a máquina de moer milho.

A mãe estava bem sã. Um dia avisou:

– Logo vou faltar. Se preparem os dois. Cuide do seu irmão.

Desde menino o irmão bebia.

– A mãe não tem nada.

– A mãe sabe. A morte é uma planta que nasce no coração.

Naquela manhã a moça acordou cedinho.

– Que dia lindo para lavar roupa.

Pediu a bênção para a mãe. Enxada no ombro, foi para a roça com o irmão. Na volta, a velha estava caída a par da cama. Água saía dos olhos.

– Parece que ainda me viu.

Bradou pela vizinha que veio e ficou de joelho:

– O pulso fugiu. Sua mãe foi embora.

Mais água limpinha dos olhos de Maria.

– Eu e a vizinha vestimos.

Ela disse que não tivesse cuidado.

– Deixe, Maria. Eu mato a leitoa para o guardamento.

Entrou na cozinha e o mano José ali chorava. Com a cabeça deitada na mesa.

— Agora não adianta ter pena da mãe.

Desde menino o irmão bebia e judiava da velha.

— Ela já se finou.

Daí o José foi botando tudo fora: a carroça, o arado, a galinha, o porquinho.

— Só salvei um cavalinho. Levei para o rancho de nhá Zefa.

Fez o sinal ligeiro da cruz.

— Não é que pesteou, o infeliz?

O irmão caía borracho na valeta.

— Sabe que uma vez ele me surrou? Com o arreador. Acertou no pescoço. Tenho a marca até hoje.

Pela maldita cachaça trocou a batata, a abóbora, o feijão.

— Chorei, o que mais? Da dor e do sentimento.

Por fim a máquina de moer milho – a grandeza do finado pai.

— Mais que eu quem sofria era o José.

Sem o que beber, não é que a irmã ele vendeu a um velho caolho?

— E ainda perneta.

O velho chegava bêbado. Logo ia surrando a pobre moça.

— Lave meu pé, mulher.

Que trazia a gamela de água esperta.

— Agora enxugue.

Ela ficava de joelho.

— Com o cabelo, mulher.

Comprido e bem preto. De tanto apanhar, a cabeça meia de lado.

— Na hora da janta só de ruim espatifava o prato na parede.

Reinava antes de dormir. Não sossegava enquanto não punha a moça debaixo da cama.

– Cabe, sim. A cama do sítio é alta.

Ela embaixo. Ele em cima. De vez em quando erguia o braço. Estalava o rebenque na dona encolhida.

– Não sai daí, diaba.

Ai dela, nem se coçar podia.

– Eu, quieta e calada, rezava o terço.

Até que descalça correndo na chuva.

– Dele eu fugi. Levei um rolinho na barriga.

Aos sete meses nasceu morto – o mais lindo menino.

– O José ainda vive?

– Ainda bebe. Outro dia apanhou na venda. E apanhou muito. Por amor de uma viola. Comprou a viola e queria destrocar.

Ri alegrinha e esconde na mão a gengiva murcha.

– A bugra não tem dente.

O último canino torto, nenhum incisivo.

– Que tal um namorado, Maria?

– Só de longe.

Bendita e cheia de graça.

– De você, Maria? O que vai ser?

Sem cavalinho pesteado nem nada.

– Tenho o amor de Jesus Nosso Senhor e do Divino Espírito Santo. Vou levando a vida. E rolando pelo mundo.

– Com fé em Deus.

Deus, ó grande deflorador das criancinhas.

# 23
## Visita de pêsames

— Aceita um cafezinho?

Em dúvida se o chamava de João ou doutor. Era tudo o que tinha a perguntar depois de 20 anos?

– Não sei. Já me tira o sono.

Que idade teria? Cabelo pintado, acaju leve, alisado à força senão encrespava. Os grandes beiços inchados – só para morder, não beijar. Epa, velhinho, não se assanhe. É visita de pêsames.

Vestido preto, sentou-se, cruzou a perna.

– Nada de luxo. Eu insisto.

Não o encarava, olhinho sonso ou medroso? Após 20 anos, ela mesma: cruzar a perna é mostrar a calcinha – essas irmãs Pacheco. Ninguém consegue corrigir. Prova bastante em qualquer investigação de paternidade. Além de baixinha, cadeiruda, canela fina. Onde a mimosa criança que lhe abalou os vinte e pouco anos?

– Bem. Se não for incômodo.

Só na salinha pobre, vigiado pelo retrato na moldura oval dourada – os olhos do velhote seguem-no por todo canto. Como será que ela me vê? Muito perigoso revisitar os velhos amores. O coraçãozinho ainda apertado da lembrança de Ana, doce Ana – a primeira iluminação erótica.

Foi no aniversário dos 10 anos. Havia ganho da irmã uma lata de balas Zequinha – o tempo das balas em latas coloridas. Enquanto a irmã falava com a mãe, foi para a cozinha atrás da copeira. Tinha o dobro de sua idade. Ali revelou a famosa precocidade dos Pacheco: Quer uma bala, Ana? *Quero*. Então levante o vestido. Ela ergueu um tantinho – e eu fui dando bala. A coxa roliça, fosforescente de branca. Na maior aflição: Levante mais um pouquinho. Ah, se pudesse ver a calcinha. Com a lata cheia de balas, bem pequeninho, no alto da escada. A Ana descalça no terreiro, eu no quarto grau. Umas sete da noite, o lampião da cozinha alumiava as pernas. Suspendia o vestido com a mão esquerda, um lado mais que o outro – a graça que Deus lhe deu. Assim que vi as coxas brancas da Ana minha vida nunca mais foi a mesma.

Quarenta anos depois fui às Capoeiras. Na volta dei com a casa da Ana – o lambrequim azul rendilhado, a eterna roda quebrada de carroça no pátio. Ela casou, um bando de filhas, ficou velha – e bebia depois de velha. Na varanda uma polaquinha linda, cuia enfeitada na mão. Onde está a Ana? *A mãe morreu.* Entrei na casa, cumprimentei as outras filhas – a que hora o enterro? Onde ela está? *O senhor quer ver?* Fomos eu e a moça para a sala da frente. E a Ana lá estava, sozinha e esquecida, entre as quatro velas. Coberta pelo grosseiro lençol branco – o sol dourado faiscava na poeira flutuante ao pé do caixão. Costurando em linhas quebradas, zumbia uma gorda varejeira azul.

Sem que eu pedisse, a moça afastou o pano – olhei e vi uma velhinha de 90 anos. A boquinha murcha de sobrecu de galinha. Pergunta mais boba: Ela bebia? *Só no sábado.* As polacas das Capoeiras bebem cachaça no sábado. Você encontra todas as polacas bêbadas. Que voz mais rouca, que canto mais triste. Cambaleiam ao sol, você as derruba no matinho. Olhei bem, que fim levou o meu primeiro amor? Ai, meu Deus, de mim o que vai ser?

Pode cobrir, moça. Ninguém ligava à pobre Ana, uma algazarra ali na cozinha, a disputa da cuia na varanda. Será que a coxa da filha era tão branca?

– Aqui está o café. Desculpe se...

Aos olhos da perdida menina, hoje como serei?

– Ai, ai. Sapequei a língua.

Era um gracejo, ela não riu, a mão diante da boca – oh, não, esconde a...

– Me diga, Maria. Como foi a morte da Zefa?

– Tinha aquela doença.

Ai, agora sim. Da pergunta já me arrependi.

– Do manequim quarenta e seis foi para trinta e oito. Bem pequena, menina de sete aninhos. Não queria morrer. Dias antes, falando com o Tito: *Me prometa. Que me amarra na cadeira. Assim não podem me levar. Cadeira não vai junto.*

– ...

– Morreu vinte para a meia-noite. Eu disse às minhas irmãs: A forte não está aqui.

Partiu-se a voz, tremida e rouca – da nesga de coxa desviei a atenção.

– A forte não sou eu. E caí no maior choro. Daí eu vi a falta que ia me fazer. Aqui em casa, só ela, eu e o Tito.

– E da cabeça, como estava?

– A esclerose, que lhe contei na carta, melhorou. Quase acabou. Prevaleceu a outra doença. Dores e gritos medonhos.

– Como notou que...

– Começou a comprar muito sal. Os saquinhos se acumulando na despensa. Um dia perguntei: Por que tanto sal, mãe? *É a guerra, minha filha. Não sabe que ele pode faltar?*

– E a sua tia Lurdinha? Por onde anda?

– Essa minha tia é uma invejosa. Sempre foi. Mesmo agora com 71 anos.

Ah, bem me lembro. Cada fim de ano a Lurdinha vinha a Curitiba. Por ela eu me consumia, já adolescente. Ao lado do amante, desfilava na Praça Tiradentes. Queimada do sol, voz melosa, sotaque carioca. O amante de palhetinha no sapato bicudo marrom e branco. Ela de vestido vermelho, salto alto, uma tropa galopante com espadas e bandeiras. Era a única que não usava meia com salto alto. Aos pés dela eu rastejava, um guapeca sarnento coçando as suas pulgas – mão no bolso, bem quieto e pelos crescendo na palma. Com ela sonhava e, o poder mais forte dos 15 anos, me levantava sobre os telhados da cidade. À noite, ó abismo de rosas – a mancha indelével no lençol.

Quando falou 71, a súbita consciência dos meus cinquenta e tantos. Aflito, inconformado, chorando os dias perdidos.

– Quantos anos ficaram fora?

Sempre mulher, negando a fuga do tempo.

– Não sei bem.

– Com que idade viajou?

– Lembro de um atestado na polícia. O pai me deu 16.

– Você não era da minha classe?

Bem que guardei o retratinho da turma. Pudera, quem o paraninfo? Veja, aqui a Mariinha. Tem muito vocabulário. E boa caligrafia.

Não resistindo, ela sorriu e revelou a prótese fulgurante.

– Dois anos fui sua aluna.

Entre todas a preferida. Era recém-casado e ela minha sobrinha torta – sobrinha ou não, bom seria refocilar na pequena Maria.

– O senhor é o mesmo...

Fiquei no maior gozo.

– Grisalho, claro. Até enfeita. De óculo escuro

– Você também, Mariinha. Não mudou.

Ela podia ser sincera. Eu, não. Fiz o cálculo: Tem quase 50. Quem vejo na minha frente é a tia Biela, a tia Sibila, a tia Filó – todas de calcinha rendada à mostra.

– O pai era um sonhador. Trabalhava e sonhava. Se a féria era gorda, perdia tudo nas corridas.

Ali, na parede o velhote piscou o olhinho, divertido. Além de jogador, grande bêbado.

– Meu irmão também é assim. Um distraído. Aquele dinheiro do terreno, lembra-se? A mãe repartiu entre nós quatro. Guardei minha parte. Ele, o pobre, comprou uma pia.

– ...

– A mãe sofreu muito. Uma noite o pai acordou – não podia verter. Ajoelhado na cama, o troféu na mão, sem conseguir. Uremia, o nome dessa doença?

– Acho que sim.

– Uma trombose e morreu. Ficamos sem nada. A mãe, trouxinha nas costas, quatro filhos para criar. Daí a Lurdinha e a Eufêmia escreveram. Lá fomos nós, até o piano do pai, seu último orgulho.

Pensei comigo: Foi a minha salvação. Senão acabava nos meus braços, viu o escândalo? Perdia mulher e filhos, já não seria doutor.

– Mamãe era inocente. Vivia em outro mundo. Minhas tias, o senhor sabe, tão sapecas. Quando chegamos, foi um choque. A Lurdinha com outro amante. A Eufêmia, um aborto por ano.

– A Eufêmia não casou com o chinês?

– Se acomodou com o chinês. O bordão da velhice.

– Parece bem feliz. Me disse que é dada aos livros.

– Mentira dela. É analfabeta. Não sei agora, tinha vergonha do chinês. Andando na rua, empurrava o pobre: *Vá na frente, você.*

– E lá em São Paulo?

– Os primeiros tempos foram difíceis. Virei homem da família. Me proibi de voltar. Aquelas tias mais levadas e invejosas. Não perdoavam a educação da mãe. Desfaziam até a roupa da infeliz. Eu trabalhava o dia inteiro. A mãe era dama de companhia de uns russos. Cada uma fazia de tudo. O duro dinheirinho do aluguel e da comida.

– ...

– Sabia que a mãe era vaidosa? Bem agarrada às coisas. Se eu comprava duas blusas, logo a encontrava olhando e alisando com o dedo tortinho. *Tão bonitas. Qual delas é a minha?* As duas, mãe. Não abandonou os deveres religiosos. Ia à missa. Sempre rezava pelo padrinho.

Disse comigo: Nada de padrinho. Meu pai, Mariinha, o teu avô. É minha sobrinha natural. Pare de fingir, você. Fala da Lurdinha. Que é sapeca. A Eufêmia não presta. Uma sirigaita. E você?

– Com que idade o teu menino?

– Vinte anos. Um moço bonito.

O Tito filho de quem? Você não é mãe solteira?

– Ele ainda toca piano?

– O piano eu vendi.

– Que pena. Tinha bom ouvido. Sentava e tirava qualquer melodia.

De mim que não herdou as prendas musicais.

– Ter piano é bonito. Para quem pode. Agora quer ser polícia.

– Guardou alguma lembrança do tempo de menina?

– Presente do padrinho. Uma boneca, cachinho loiro e tudo. A Lurdinha até dessa boneca tinha inveja.

– Não me diga.

– Sabe que vendi todas as férias que ganhei na vida?

– ...

– Nem uma eu gozei.

– Verdade que a Zefa morreu sozinha?

– Sozinha, como?

– Assim de repente.

113

– Finou-se no quarto, dormindo. Quando entrei, com a maçã assada no pratinho – ela se lambia por maçã –, era mortinha.

Mais nada a contar. Ficamos de pé. Ela abriu a porta do quarto: sob a cama o troféu branco de ágata com florinha. Ali na colcha de retalhos a famosa boneca de cachinho. E a cadeirinha de palha da Zefa, onde queria ser amarrada – assim não a poderiam enterrar.

– Desmanche isso. É muito mórbido.

No consolo três elefantes vermelhos de louça.

– A cadeira já pensei de vender.

Ao me despedir, quis perguntar como eram os seus domingos. Melhor não, seria muito cruel.

# 24
## Lincha tarado, lincha

— Por que bebe tanto, meu bem?

Burrinha demais para entender. Esteja sóbrio, com ela não fica. No vestido preto de cetim, a múmia da eguinha do faraó na sua mortalha. Cabelo puxado para trás, exibe na testa a estrela perdida da manhã. Essa, ao menos, atende ao seu pedido. A outra, lá em casa, só para contrariá-lo usa franjinha – e a testa ainda mais bonita. Não satisfeita, as filhas também de franjinha.

Um lixo a Dorinha, toda imprestável. Ai, de manhã como é ruim, triste de olhar. Na escura noite de tua alma, quem se importa com a manhã, se é que há manhã? Agora tão linda – não finge olho azul? Beija-o na maior doçura – ó boquinha de 15 anos.

Saracoteia frenético em volta dela. Não dança, pobre figura pícnica: baixinha, gordinha, ainda por cima grávida. Fim de noite a que sobra, por todos enjeitada. Na infinita carência afetiva, um se consola com os beijos roubados do outro.

– Amor, posso pedir mais um?

Vive de comissão, a coitada.

– Antes tire a calcinha.

Na suave penumbra do cinema poeira – há que de anos – os berros selvagens de *Lincha tarado, lincha*. Todos recolhem a mão, já vai acender a luz.

– Tudo. Menos isso.

Será por que de sete meses?

– Perde para a Maria. Quando eu mando, ela tira.

Capricho louco, exige da mulher, enfeitada para a festinha: a peruca loira, o vestido vermelho de veludo e sem ela. Nada mais excitante saber que está sem – o único a saber. Mais delicioso quando lhe sorri e ela, mãe de três filhas, ruboriza até a franjinha.

Rápido amarra na testa a gravata de bolinha, salta no pequeno tablado redondo e, sob aplauso geral, o velhinho audaz do teatro burlesco, só de cueca e sapato.

Exausto deixa-se cair na cadeira. Dorinha estende por baixo da mesa a humilde prenda de amor.

– Ponha no meu bolso.

Relação mais cerimoniosa que com a mulher. Nunca o beija pelo corpo – nem sequer até o umbigo. Na hora de espiar, a desgracida fecha o olho. Nunca se deixa ver nua. Não sabe dela o gosto nem o cheiro.

Ampara-o trôpego no fim de noite. Bêbado demais para acompanhá-la ao Bar do Luís – a canja é o ópio da putinha –, nem assim reclama. Ainda bem, do inferninho ao velho sobrado, só atravessar a rua.

Tornasse a casa às cinco da manhã ou ao meio-dia, a cena uma só. Mesmos gritos, mesmo choro, mesmo ranger de dentes. O fim do mundo com um berro? Antes com suspiro de gozo.

Aos bordos pela rua, cuidoso de não a olhar. Conhece os quartos, todos iguais. O retrato colorido do galã de tevê. Na penteadeira os elefantes de castigo, tromba na parede. A bendita lampadazinha vermelha. A velha Nossa Senhora Aparecida de guerra. No limiar o fogoso dragão de língua bífida. Existe quartinho de virgem mais lindo?

Ela ainda lhe tira o paletó e a calça. Já desmaiado de boca aberta no imundo travesseiro. Mais que se agite – de quem o nome cuspido na boca do anjo vingador? –, ela nunca protesta. De frio, a infeliz encolhida no tapete.

– Como você se bateu, amor.

Se pudesse nunca mais acordar. Se os malditos pardais não acendessem o sol. De manhã, ali na cama, é barata leprosa com caspa na sobrancelha.

Mal abre um olho: o coágulo sanguíneo da cortina presa em grampos de roupa. Ó longa odisseia do boêmio em busca da casa perdida.

Morde na língua o uivo lancinante da lesma que espirra o chifre e se derrete na espuma de sal. Me ajude, Jesus Cristinho. Acuda, mãezinha do céu. Agora de mim o que será? Como enfrentar de braço cruzado no corredor a heroína, a mártir, a santíssima?

Gemendo e bufando vira-se para o lado. O mísero bichinho já se conchega no seu peito. Doce putinha a que você tem nos braços – outra melhor só no próximo porre.

– Morrendo de sede, minha filha. Peça duas águas. Com gás.

Eterno galã, dorme junto da porta, defendendo a dama. Que esmaga a enorme barriga na sua, rola fora da cama, enfia os seus sapatões. Arrasta-os e grita do patamar:

– Eufêmia! Eufêmia!

– A velha desgraçada...

– Eufêmia! Duas águas, ouviu?

– ...é surda.

– E uma soda. Não esqueça.

A primeira mal borrifa a sarça ardente das entranhas. A segunda – oh, não – morna e doce. Maldita Eufêmia – pudera, com esse nome – entende sempre duas sodas e uma água. Bebe no gargalo aos grandes goles, engasgando-se. Um filete escorre do queixo nos cabelos crespos da maminha.

Enganada a medonha sede, ainda de porrinho, exibe-se na força do homem. Piloto suicida, lenço branco na testa, mergulha na última missão. Perdido mesmo – oito da manhã em todos os relógios –, explodir com ele o mundo inteiro.

– Veja como é quentinho.

Exigência dele, comprou a camisola branca rendada, combinando a calcinha. E com o pobre dinheirinho dela.

– Agora como eu gosto.

A camisola não tira, simplesmente ergue até a cintura – metade Messalina e metade mãe dos Gracos. Sempre aquém da Maria, essa mais Graco, mais Messalina.

Vergonha do corpo informe, ela se põe de bruços. Presto o cavaleiro a cavalga. Da ressaca o pequeno consolo, demora quanto quer. E ela se delicia bem quietinha. Só no fim:

– Ai, ai, ai.

– Gozando, sua putinha?

Em vão tenta virar o rosto para o beijo da paixão. Em tudo – nem grito, nem suspiro – pior que a Maria.

A cabecinha louca imagina a saída que não há.

– Se for homem se chama Lauro.

– Tem dó, minha filha. Essa não.

Lá quer saber quem é o pai. Que se dane, a triste. Não pode dizer que é ele. Entre tantos quem... Verdade, não são tantos. E se fosse o único? Só quer saber se a Maria fez a mala.

– Esse filho, meu que não é.

Tanto aborto que, mais um, ela morre. Obrigada a ter o bastardinho. No sobrado durante o dia a manicura das bailarinas; além da mão, pinta-lhes o pé. Ninguém a convida para programa. Só ele, no fim da noite, perdido de bêbado.

Ai dele, o pânico instalado na alma. Que faz, o grande bastardo, às oito da manhã, com a mulher que não pediu, na cama que não queria? O último boêmio nos braços da última putinha – o repolho é o ópio do polaco.

Em agonia inclina a cabeça, ressona de leve e, ali no pulso, é meio-dia. Sai dessa, Laurinho. Como entrar em casa? Arrependido, jura que desta vez aprende a lição. Desta se escapar, nunca mais. Espreme da garrafa as últimas gotinhas de fel.

Banhado e vestido, ao alcançar a porta, a vozinha dos lençóis enxovalhados:

– E o meu presente, bem?

– Merda. Não é que esqueci.

Nem uma das vezes pagou-a. Em dívida até nas duas águas e a soda. Ou nas duas sodas e a água. Em troca, promete correntinha dourada para o tornozelo gorducho. Uma pata choca, já imaginou, de sapatão e correntinha no pé de unha encravada?

Aos trambolhões escada abaixo, desvia a Eufêmia terríbil, esgueira-se à sombra das marquises, cerca o primeiro táxi.

Eis a mala negra, a maior do jogo, ali de pé no corredor.

– São horas de chegar!

Numa só boca as sete trombetas do juízo final.

– Poxa, Maria. Assim não dá.

– Não aguento mais. É a segunda vez nesta semana.

– São 10 anos. Já devia me conhecer. Sou assim, nunca fui diferente. Se mudar é para pior.

– Não te aguento mais. Quero me separar.

Salvo pelo grito das filhas que voltam do colégio.

– Não na frente delas.

À cabeceira, quieto e calado, comendo. Reclamar do bife duro? Pensa melhor, não diz nada. Na língua o carrascão de trincheira da grande guerra.

Pensa que ela – oh não, elementar, minha querida – considera as pobres meninas? Em vão fala o almoço inteiro. O seu silêncio mais inteligente que toda a parolagem dela.

– Não aguento mais. Isso não é vida. Minhas amigas, sabe o que elas dizem?

– Merda para elas. E pare de me mandar embora. Na frente das minhas filhas. Vamos conversar.

Quer protestar, ele aperta-lhe o braço com força. No quarto fecha a porta. Ela senta-se na cama e começa a chorar. Bem como a mãe dele fazia com o pai. Bem como a mãe dela fazia com o pai.

Ele se relaxa gostoso – ó fronha bordada, ó lençol imaculado – e fecha o olho. Quer morrer, quem sabe dormir.

– O grande homem da tua vida, minha filha...

– Ah, bandido.

– ...sou eu.

– Bem feito para mim. Por que minha mãe não escutei?

– Queria ser rainha. De braço com bestalhão pomposo. Casou comigo, azar seu. Já bebia quando noivo. Não pode alegar.

— Exijo a separação.

— O dia que você me deixar...

— Não seja cínico.

— ...eu choro até morrer.

— Não. Isso não é vida.

— Pode mandar embora. Daqui não saio.

Ela chora, chora, toda se descabela. Ele no bem fofinho, já viciosa intenção. Prêmio da ressaca, floresce na glória do homem. Brado retumbante, o coração dispara, engole em seco. Nada melhor que o amorzinho com mulher chorosa. No doce embalo do soluço. E ela, repetitiva, sem fôlego:

— Só chega tarde em casa. Já esqueceu do teu pai? Da barriga-d'água? Nas tuas filhas não pensa. Já não me respeita. Não passo de uma vítima, uma negra, uma escrava.

Epa, não mais heroína, mártir, santíssima? Liga o rádio baixinho, põe a mão na cabeça:

— Não para nunca? Basta de me torturar. Estou doente.

— Ah, é? Onde esteve? Se tem coragem de contar.

— Fiquei bêbado, sem querer. Com o regime, perdi as forças. Me senti mal.

— Sei disso. Bêbado...

— Desmaiei na casa do André. Ele não me deixou sair.

— ...rolando na sarjeta. Com tuas vagabundas.

— Quer mesmo saber?

— Fale a verdade. Ao menos uma vez.

— Estive, sim, rolando na sarjeta.

— ...

— Em busca sabe de quem?

Cantar mais bonito consola o passarinho...

— De você. Que é o meu único amor.

...a que vazaram o olho?

— Outra não existe para mim.

Chorando sempre e, desespero tão grande, nesga de coxa aparece.

– E nunca vai existir.

Chorando e de coxa maravilhosa à mostra.

– Lincha, tarado! Lincha.

Você delira, Laurinho. As muitas letras te fazem delirar. O que ela disse foi:

– Não me pegue!

Quem não quer nada, alisa-lhe as costas, sacudidas de tremores. Sentando-se, afasta a franjinha – até que não é feia –, beija o rosto afogueado.

– Não me pegue, já falei. Que está pensando? Depois de tudo?

Ela se descobre ainda chorando e quase nua.

– Tem coragem, seu traidor?

Ai, beijo com ódio e lágrima não existe outro.

– Veja como é quentinho.

# 25
## Minha vez, cara

Sou viúva, telefonista, mãe de quatro filhos. Trabalho das seis da tarde à meia-noite. Corro até a Praça Tiradentes, alcanço o último ônibus. Desço meia hora depois na pracinha. Ligeira, sem olhar dos lados, dez minutos estou em casa.

Já na esquina, os dois tipos ao meu encontro. Vou para o meio da rua. Quando cruzo com eles:

– Tia, que horas são?

Nem olho o relógio.

– Meia-noite e pouquinho.

Dou três passos, agarrada por trás. O grandalhão negro me fecha a boca:

– É um assalto.

Botando a faca no pescoço.

– Um grito. E já te corto.

O outro me encosta uma ponta dura nas costas:

– Quietinha. Senão atiro.

Rendida, entregue à sanha de dois bandidos, me arrastam para longe. Despojada da bolsa com pente, espelhinho, troco do ônibus. O relógio novo de pulso, duas alianças de ouro, anel de marfim, uma camiseta de mangas, outra sem mangas, garrafa térmica e sombrinha azul.

Me arrancam toda a roupa, inteirinha nua. Mão junta, gemendo e chorando:

– Meu Jesus Cristinho. Levem tudo. Podem levar. Só me deixem em paz. Por favor, não façam mal. Uma pobre mulher doente.

Não é que se chegam mais dois grandões? Bem quietos, mão no bolso. O negrão se coça, sem jeito:

– Oi, caras. Essa, não. A gente não contava.

É a polícia, respiro aliviada, sim, existe Deus.

– Mas não se amofinem. Dá pra todos. Certo, caras?

Os tais guardas nem piscam. Tão alegrinha, imagino estar salva:

– Por favor. Deixem os moços irem embora. Não fizeram nada de mau.

Não sabia que ali no matinho o palco de minhas sete mortes.

Então os quatro, um de cada vez, sem pressa me desfrutam. De todas as maneiras. Nas mais variadas posições.

O que nunca pensei na vida o negrão faz. Sempre fui mulher de respeito; o meu pobre João, ainda morto, não me deixa mentir. Ai de mim, não me sujeito ao capricho daquele monstro sem coração, assassinada por ele, que não está de brincadeira. Me tratando o tempo todo de vagabunda e nomes contra a moral.

Minto, o que me segura por trás, esse não abusou, só quer o dinheiro e o relógio. Os demais objetos repartidos pelos outros. Um deles, quando vem por cima, é rapazinho de uns 16 anos, cabelo caído no rosto, vesgo e franzino.

Em nenhum momento eu lhes encosto a mão. Não se chamam pelo nome. Só dizem:

– Oi, cara. Sai de cima, cara.

– Deixa agora pra mim, cara.

– É a minha vez, cara. Tem dó, cara. Tudo quer pra você?

O pior é o tal negrão, que me assaltou na rua, ameaçou de cortar o pescoço, me levou com o outro para o mato, lá forçou a me despir. Como ainda resisto, me dá socos no rosto com toda a força, acertando o ouvido e sangrando o nariz. Só ele goza três vezes, mais uma, aqui não, ali e outra bem assim, revelando ser o mais perigoso de todos.

Essas bestas se empurram na fila. Um por um fazem o que bem querem. Até que, satisfeito o imundo instinto, deixam que vista a calça e camisetinha. Me arrastam do mato, levada para a linha do trem. Três deles se afastam, cada um do seu lado. Nenhum olha para trás.

O negrão diz que me larga em casa. Mentira dele, para enganar os outros. Me puxa para um terreno baldio. Lá serve-se à vontade. Vem um carro de farol aceso e, para não ser visto, ele me derruba na valeta. Pastando no meu corpo, geme e suspira:

– Não precisa ter medo. Que não vou te matar. Como fiz com as duas japonesinhas.

Cachorrão louco, espumando, morde sem dó:

– Tia, não conte pro teu marido. Eu faço um carnaval de sangue. Não me custa nada. Já sou pinta manjada.

Dali promete me levar para casa. No meio do caminho muda de ideia. Carrega de volta para o matinho. Mais uma vez se regala.

De joelho e mão junta, peço que me poupe e tenha pena. Olhe para mim: uma posta suja de sangue. Tudo o que já fez não basta?

Entre dois tabefes, repete:

– Ai, tiazinha mais gostosa. Sabe que é uma coroa enxuta? Loirinha, como eu gosto. Vou te cobrir de joia. Quero que seja minha amante.

Já são quatro da manhã. Me deixa na esquina do encontro. Aponto a luz acesa de uma varanda:

– Ali que eu moro. Olhe o meu marido na janela. Ele já me viu.

O negro larga o meu braço, sai pulando, some na escuridão. Ele e sua catinga.

Toda doída, limpo a terra do cabelo. O sangue grudado no pescoço. O beijo podre cuspo da língua.

Agora, o pior: abro a porta, meu Deus. E olham para mim, os quatro filhos.

MEIA-NOITE E POUQUINHO, diz a coroa. Tapo a boca e afogo o pescoço. O sócio garra por trás:

– Quietinha. Que nóis te mata.

Levamos pro matinho. A par da linha do trem. Lá se chegam dois bandidões, a gente não conhece. O cupincha faz a revista. Guarda o anel e o relógio. Me dá o dinheiro.

As duas blusas e duas alianças, os caras pegam. Da sombrinha e da garrafa? Sei lá.

Todo mundo nu, eu digo. Ela mais que depressa. O parceiro se assusta com os estranhos. Não é de nada. Então a gente se serve.

A tia bem legal. Faz direitinho. Aceita numa boa o que você quer. Não dou soco nem digo nome feio. Podes crer, amizade.

Ela não reclama da brincadeira. Até sorri, quem está gostando. Não acho que tem motivo de queixa. Nunca falei quem já matou duas, apagar mais uma não custa. É bobeira dela.

Isso aí, bicho. Sem complicar. Só osso, a coroa. Tudo dentro dos conformes.

# 26
# O afogado

Estala ao vento a bandeira vermelha. Ali uma flecha: perigo, a corrente puxa mar adentro. Que frio, as grossas ondas se enrolam e rebentam sujas de areia. No rasinho uns poucos banhistas, mais de seis da tarde, até o salva-vidas se foi.

Molho os pés, um arrepio na espinha, disposto a recuar: a onda te arrasta, na vazante. Olho para o alto do rochedo, quem vejo? Uma fita encarnada no cabelo, o meu anjinho loiro de coração oco. Vestida de nuvem branca e, ao lado, um panaca feliz. Ai, sua ingrata.

Rejeitado, me atiro à água. Epa, o vagalhão vai estourar, me derrubar, esfregar a cara na areia. Pronto, mergulho na goela negra, lambido para fora. Me liberto, vindo à tona. Já não tenho pé, aflito. Umas braçadas fortes, outra vez sem tocar o fundo. Pior, longe da praia – sem óculo, tudo mais distante.

Calminha, ô louco. Não se bata, nada de pânico. Fica frio, respira, meu irmão, no ritmo da braçada. Minutos depois, ergo a cabeça, ai, não, Jesus Cristinho. Mais ao largo, sou arrastado pela correnteza. Ó vergonha, levanto o braço, agito a mão, um tímido pedido de socorro – e o ridículo, já pensou? Ela me vê, puxado por uma corda, cara todinha roxa, barriga inchada d'água – e sob a vaia geral?

Não pode, um engano absurdo. Muito moço para morrer, não eu, na flor dos 15 aninhos. Busco-a em despedida, o rochedo deserto, ela nem me viu. Que fiasco: morro por ela, chamar a sua atenção – e me dá as costas, ouvindo o canto de sereia do outro. Posso gritar à vontade, tarde demais, ninguém na praia.

Quietinho, você aí. Meio boiando, meio engolindo água. No peito duas patas no duro galope. Sobre mim o incêndio deslumbrante do céu. Final glorioso do dia, o fim triste e solitário do nadador, mal se debate. Em vez do desespero, uma grande calma. Levado ao léu das ondas, movendo de leve os pés. Só me falta uma câimbra – ai, por que lembrei... Agora é certa. Brilham relampos de minha vidinha tão curta, agonizando estou? Morrendo, me afogo sem sentir, afundo terceira vez?

Não, me entrego não, arrasto os braços pesados, hei de lutar até o finzinho. Já não penso, nado apenas. Já não nado, boio apenas. Sem rumo, na direção da praia – ou alto-mar? Nunca um crepúsculo assim tão belo. De mim me despeço, pragas e gritos de uma louca prece.

De repente, ao embalo de forte onda, eis o pé que toca *na areia*. Graças, meu Deus, pô. Ave Rainha, pô. O coração explodindo de alegria – salvo, seu babaca. Depositado pela corrente na curva da praia, rastejo de joelhos fora da rebentação. Tonto, engasgado, cuspindo tripa e areia. A alminha uiva em delírio – vivo, urrê. Me sento na faixa seca, eta marzão desgracido. O céu em chamas cai e rola nos fogos do mar, não foi o meu último dia.

De pé, nasço de novo. Ai, minha mãe, já pensou? Que dor da pobre mãezinha. Me apalpo, beníssimo, plantado aqui nas pernas. Epa, marcha, soldadinho, marcha pro hotel.

Lá vem um cachorrão ao meu encontro, todo negro e peludo – oi, cachorrinho, tudo bem? Estalo os dedos e, grande surpresa, ele simplesmente me ignora. O cara passa por mim, *sem me ver*. Já cruzou por um guapeca sem que rosnasse ou sacudisse o rabinho? Quase me sento, a perna fraca e trêmula – se não me viu, será que... ele, o famoso Cão Negro das profundas? Me afoguei de mesmo, será? Não sabe o morto, não é?, quando morre. Circula um tempo entre os vivos até aceitar que já se foi.

Agora é um homem no meu caminho. Esse não pode me desconhecer. Um na direção do outro. Se um vivente, por que tão estranho? Todo vestido, ali na praia, a silhueta negra contra o céu, sem rosto à sombra do chapéu.

Puxa, que susto. Dele desvio, não me cumprimenta, sequer me olha. Ai, não, meu Jesusinho. Também ele não me viu? Outro afogado, será?, vagando atrás de sua consciência. Ambos esperando a revelação da própria morte? Onde apoteose igual no banho de sangue dessas muitas águas?

Ninguém na praia, além de mim, o vulto negro, o cachorrão negro. Decerto hora de jantar, janelas acesas ao longe. Esquisito, as ruas vazias. Sem pressa, avanço pela trilha na grama. Me volto, um longo adeus: ai, que tardinha mais escandalosa para morrer. Com tantos gritos. Lençóis rasgados de espuma. Chuva de pétalas púrpura de rosas. Beijos molhados de milhar de línguas. Cavalos brancos empinados e relinchantes.

Todo iluminado, o velho hotel. Deserta a varanda, entro pelos fundos. Me demoro sob o chuveiro. Gesto vão para um afogado? Qual o tempo da revelação de minha...

Estranho, vê uma sombra ao teu lado? Nem eu. Nos corredores, o eco do silêncio. Subo a escada, chego ao quarto. Me esfrego de rijo na toalha, o talco nos dedos do pé, ainda que inútil. Ó delícia da camisa quentinha no peito roxo.

Não é que me vesti sem olhar única vez ao espelho? O pente na mão, já me falta coragem: e se eu... No espelho, dizem, o morto não se reflete. Na dúvida, me ajeito diante da janela, cada gesto o derradeiro? Nunca um silêncio tão fundo, nunca o simples ato de pentear assim intenso, nunca a roupa no corpo tão conchegante.

De mansinho desço a escada, vê alguém? Ao longo dos corredores, nem vivalma. Do salão iluminado a bulha de talheres, vozes, risos. Me detenho diante da porta envidraçada.

E se, em vez de entrar, eu recuasse: um tantinho mais, fruir a doce vida, migalhas de paz que me restam. Mão suspensa no trinco, ali me esqueço, o coração batendo, ele, sim, com força na porta. Não fui eu, minha mão nem a tocou. Mal encostada se abre sozinha.

Na primeira mesa um grupo de quatro amigos em ruidosa conversa. Ouço passos rápidos às minhas costas. Alguém no corredor dirige-se ao salão – e se passar *através* de mim? Perdido, ó Senhor, eu não devia... Por que não esperei no quarto um nadinha só?

Do terror o óculo embaçado – ou já não tenho olho, comido pelos caranguejos? Sei que ali está a bem-querida, ao menos o consolo de sua única visão, por ela não foi que me afoguei? Refazer o caminho eu pudesse. Não ter molhado os pés lá na praia. Por que não atendi a bandeira vermelha... antes de me esvanecer no ar – com um ai, uma fumacinha, um berro? Ai, não, atrás de mim os passos pesados. Se chegam, me alcançam, é tarde.

Ao fundo gemido os quatro amigos se voltam – foi a porta? Um deles ergue a mão, alegrinho:

– Oi, cara.

# 27
## As vozes

— De novo as tais ações mentais. Aquele meu vizinho, o João, planeja contra mim. Não adianta ser tão calado, eu sei. Mais forte a dor de cabeça. Sei quando a pessoa faz careta nas minhas costas. Isso me deixa nervoso. Essas ações desde algum tempo. Primeiro as vozes ficam brincando comigo. Daí desenham sombras no meu rosto. Por exemplo, a tua imagem na minha cara. Entende? A tua cara dentro da minha. Eu passo a ter a cara do João.

Uma série de vozes confunde a minha. Um canto da boca dispara a tremer. Imagens mentais bloqueiam a minha consciência. Gira a cabeça, estalam os dentes. Vou ao chão, espumando. Todo me batendo. A língua mordida, *129* veja o olho roxo. Pessoas reais, eu sei, fazem essas ações. Sou vítima delas.

Ao crime só instigado nos últimos tempos. Depois de muito terrorismo. Sair na rua já não posso. E fico sofrendo. Por que não reajo? Os terrores vão mandando na minha vida. Tenho de matar todo mundo. O João era eu. Eu sou ele. Ele me aterra. Humilhando, ora. Não sou ninguém. Minha mãe fala de levar ao médico. Não vai adiantar. Nada adianta. Um total assassinato que eu sofro. E me fecho em casa, bloqueado na ação mental. De repente as vozes que me induzem. É a hora. Quero me livrar de quem faz isso comigo. Já sem defesa alguma. Acordado a noite inteira, andando no quarto.

Bem cedinho o João passa na rua, com o leite e o pão. Um cara baixinho, magrinho, feinho. Vou atrás. Na porta da casa, mostro a foice. O tal, nem um pio. Que ele, a mulher e os dois filhos deitem no chão. Mãos e pés, vou amarrando todos. Ele pede que não faça mal, posso levar tudo o que tem. Um trapo na boca e nos olhos de cada um. Dó de machucar muito o João. Enfio no coração a faca de cozinha. Sete vezes. Mas não uso a foice.

Encho de água o tanque. Afundo a cabeça do menino de 9 anos, fica se agitando. O mesmo com a garota de 12. Não mais de um minuto e meio. Acho que a média das mortes um minuto, um minuto e meio. Tinha enfiado sete vezes a faca no peito do João. E você morreu? Nem ele. Sai muito sangue. Com as crianças eu não sinto nada. Quando é o João, por causa da sangueira, uma cena de terror. Afogo por último a mulher, ali deitada na cozinha. Ela eu afogo numa bacia grande. Só geme baixinho.

Eu não planejo as cenas. Tudo vai acontecendo. Tiro a roupa de cada um. Está molhada, entende? Arrasto um por um para baixo do chuveiro. Limpo todo o sangue do João. Lavo os corpos. Daí enrolo em quatro lençóis. Boto as crianças debaixo da cama. O João e a mulher dentro do guarda-roupa. Fecho com a chave.

Tudo por causa das ações mentais. Diante delas eu não tenho poder algum. Tomo banho e vou para a sala. Enfio o boné vermelho do menino. Começo a dormir sentado. A ação mental de uma garota que mora por ali me faz acordar. O João, ele... Ela... Eles pegam as minhas partes, na frente e atrás. Acordo, ela me masturba, durmo de novo. Fico a manhã inteira zanzando na casa.

Devoro um melão, cinco maçãs, o arroz frio em cima da pia. Já não sinto as dores de cabeça. Ligo a tevê, um cara muito engraçado. Só de tarde vou para casa. Com o meu novo boné. Antes de sair, lavo o banheiro e a faca. As chaves, jogo numa lixeira. Que me descubram eu não quero. Sou inocente, apesar do que fiz. Não fui eu que fiz. Foram eles.

# 28
# A casa das quatro meninas

— A minha é a casa das quatro meninas. Sem contar a velha, a neta e a cachorrinha. Pendurados em cada canto, já viu, tanto sutiã, quanta calcinha? Todos os modelos, cores e tamanhos? A primeira filha nem casou, já separada. Bom moço, trabalhador, tem paixão por ela. Vem aqui ver a criança, os dois bebemos um copo de vinho, a neta no meu colo. Não me conformo e pergunto: "Minha filha, me explique. O que aconteceu?" E ela: "Nada aconteceu, pai. Só que o amor acabou." Fim do amor, adeus ao marido? Levo e trago a neta do colégio, assim me distraio. Já pensou, cara? Se um de nós, alegrinho: Tiau, minha velha, o amor acabou?

A segunda é dançarina de boate. De boate, cara. Já pensou? Em nosso tempo, orra, uma bailarina! E de boate, pô. Outro dia trouxe o convite para *Uma noite na Arábia*. Minha velha insistiu e fomos. Não é a nossa filha bem-querida? Lá estamos na mesa de pista. E sabe o quê? O show até que bonito. E a menina dança direitinho. Apareceu na tevê rebolando numa roda de garotas. Eram sete, pô, qual delas? A outra filha apontou: "Essa aí, pai. Essa de bundinha empinada." Isso aí, ô meu. Que filhas, que tempos.

A terceira botou a mochila nas costas e saiu de viagem. Sozinha, pô, lá se foi. Pedindo carona, dormindo em albergue, lavando prato. Liga de madrugada pela diferença de horário. Ao fundo uma zorra, conta que pintou o cabelo de três cores. E furou a orelha pro sétimo brinco. Pergunto onde ela está? quando volta? Daí cai a linha. Toda vez, orra. É o apito do trem para Istambul? Nessa hora, pô, cai a linha. A conta do telefone, já viu. Importa é que ela está se divertindo. Na dela, numa boa. Já pensou, velho? Naquele tempo, se um de nós. Melhor não pensar.

A caçula, essa, decidiu se juntar com o namorado. Ficar com ele, sei lá. Vem uma delas, me pede o que não pode. Orra, eu de pronto: não e não. E as quatro, em coro: "Ai, pai. Essa não, pai. Corta essa, pai." Se acham o que, princesas? bastardas de qual rei deposto? E a nós cabe servi-las? Rei, quem, eu? O último dos varredores, isto sim, da bosta dos camelos do rei. E daí, cara? Me diga, você. O pai? já não conta. Ele ouve. E paga. E agradece aos céus. Podia sempre ser pior. De todas, já viu, a única que nunca me mordeu? Foi a cachorrinha.

Com tanta mulher, olha eu sozinho em casa. A velha e a cunhada em Miami fazendo compra. A primeira filha viaja com o marido em busca de reconciliação. A dançarina? Uma semana de show em São Paulo. A terceira? pede carona lá na Grécia ou Turquia. A caçula, orra, no mocó do fulano.

Olha eu sozinho. Alguém, não é?, tem de cuidar da neta. Ela dorme. A casa inteirinha só pra mim. Muito em sossego no borralho. Então por que sinto falta: "Ai, pai, essa não, pai." O festival de sutiãs pendurados aqui e ali? As mil e uma calcinhas de todas as cores?

# 29
## Fatal

— O meu café da manhã é uma pedra. Se estou na pior, um baseado. Aí me dá uma fominha desgraçida. Vou chegando bem doidona: "Ei, tô com fome. Ei, galera, tô com fome." Até descolar um rango.

Ali no ponto de ônibus: "Ô tio, só pra inteirar a passagem? Valeu. Tem condição, ô tia? Valeu." Quando você vê, tá riquinha de moeda. Esse golpe é fatal.

Já se encosta no carrão das bacanas. Troca uma ideia e tal pra liberarem uma grana. Completar a passagem pra lugar nenhum. Isso não é roubo, é viração.

Tava com fome, pedi um trocadinho. A tia gritou. Aí peguei a bolsa e corri. Se lutasse eu furava ela. Fatal. Não gosto de pedir. É muita humilhação. Então saio pra roubar.

Minha família é a rua. A zoada. Só ando sozinha. Amigo não tenho. Ninguém tem amigo no mundo, não. Na rua desde os 6 anos. Fumando pedra, zanzando, roubando.

De bode, não consigo comer. Falo sozinha, não sei onde estou. Fico dez dias sem dormir. Só converso comigo e penso maldade. Muita vez faço sem querer. Meto a faca num pivete. Seja ele, orra, não eu.

Comecei com cigarro, benzina, maconha, cola, éter. Depois pedra. Se dá, pico na veia. Foi por safadeza mesmo e pra vingar do puto do pai. Só queria fazer sacanagem. A pedra não é o mal. O mal é as pessoas mesmo.

Alguma vez tiro cadeia só pra engordar. Tomara fique bastante tempo. Daí paro um pouco na pedra. Chapada, quase me enforquei no casarão.

Ai, tossinha fodida. Sou é viciada mesmo. Fumo adoidado o que tiver. Tudo de uma vez, um montão de pedra. Quando tenho, também dou. Pode que um dia precise. Aí fumo e apago.

Compro lá na boca. Pra ter dinheiro eu roubo. Hoje foi uma tia, ela se assustou, quis gritar. Só falei: "Sai que eu te corto." Valeu.

Tem dia que tô muito louca. Fumo e fico pirada. Aí não posso olhar pra pessoa. Acho que tão querendo me bater, me matar. Saio de perto pra não dar confusão.

Ô cara, que que eu tô fazendo aqui? Eu não sei viver. Penso de morrer pra ver como que é. Tô tossindo por causa da pedra. Dói muito aqui no peito.

Entrei nessa de babaca. Se quisesse, tava numa boa. A rua não tá com nada. É muita matança. Fui eu que ferrei com minha vida. Acho que a pedra me comeu a cabeça.

Só fumo sozinha. Todo mundo é muito sozinho. Pô, tem vez que fumo com o negão, no mocozinho. Daí a gente dormimo junto. Fatal.

# 30
# O menino do natal

Uma noite maldormida, sonhos aflitos e confusos. Chega em cima da hora, oito da manhã. Desde longe, vê a moça, quase menina. *Jeans* preto, blusa branca, jaqueta de couro. Linda no cabelo curto loiro, grande olho castanho, meio sorriso triste. Beija-a de leve na face.

– Tudo bem? Quer mesmo ir?

– Sim. Vamos.

– Veja lá. A decisão é tua. Sim ou não, eu aceito.

– Pensei a noite inteira. Devo terminar a faculdade. Não é a hora.

Entram no edifício antigo. Uma escada estreita e escura. Primeiro andar, fim do corredor. Uma amiga indicou, diz que é o senhor de cabelo branco.

Uma placa diante da saleta minúscula. Duas portas. Olho mágico e câmera no alto. Ele aperta a campainha, três notas musicais. Voz feminina no interfone:

– Quem é?

Ela se identifica. O clique da porta automática. Outra salinha mínima. Mal cabem dois velhos sofás de couro artificial preto, sem encosto. Paredes nuas. Sentam-se lado a lado. Mais pálida, a boca vermelhosa. Ele aperta a mãozinha úmida e fria.

Surge uma gorducha ruiva na porta interna. Entram os dois. Terceira sala minúscula, com mesinha e uma cadeira. A ruiva senta-se, espremida no *jeans* desbotado e na blusa amarela. Olha para ele:

– Sabe qual é o preço?

– Sei. Oitocentos reais. Aqui estão dois cheques. Um dela, um meu.

Careta de contrariedade.

– Ah, não. Cheque não aceitamos. Só dinheiro.

E já se levanta.

– Voltem outra hora. Outro dia.

– Espera aí. Ela tem hora marcada. Está em jejum. Trouxe os exames. Me dá cinco minutos. Eu consigo o dinheiro.

Orra, oito da manhã, como? onde? com quem? Já sei: bendita mãezinha, tem sempre uma reserva em casa.

– Posso usar o telefone?

Ali sobre a mesa.

– Mãe. A bênção, mãe. Olha, preciso de 800 paus. Pra já. Depois eu devolvo. E te explico. Mas preciso já. É urgente.

– A essa hora da manhã? Não pode esperar?

O que estará a pobre velhinha pensando? Dinheiro, assim tão cedo, boa coisa não deve ser.

– Não. Tem de ser já. Agora. Por favor, mãe. Me acuda.

Santa senhora, e o susto? Meu filho perdido, um assalto? sequestro? droga? Ah, não, droga, não. Tudo menos droga.

– Deixa ver. Tenho aqui 700. Teu pai...

– Não peça pro pai. Pro pai, não.

– ...troca um cheque de cem na farmácia.

A moça fica na sala. Ele arremete aos saltos pela escada e vai até a esquina. Logo o velho carro do pai encosta, baixa o vidro. O moço apanha o dinheiro.

– Veja bem, rapaz. O que vai fazer.

– Tudo bem, pai. Obrigadinho. Depois falamos.

Até hoje não falaram, pai nem mãe tiveram coragem de perguntar. Uns quinze minutos, ei-lo de volta. Campainha. Olha para a câmera. Clique da porta. De novo a gorda sardenta e grosseira:

– Conseguiu?

Ele entrega o macinho de notas. Depois de contar, ela enfia na gaveta da mesinha, uma volta na chave. Em recibo não se fala.

– Ela já entrou. Pode aguardar na sala.

Olha o relógio: oito e meia. Nem janela nem revista. Lá dentro, como será? O que está acontecendo?

Soa a campainha, as três notas. Vozes. Clique. Entra uma senhora esbelta e elegante. Acena, sem olhar. Nessa idade, terá vindo por igual motivo? Epa, cabelinho curto, loira, olho verde, é a minha perdição.

Já sei, bem a guria comentou: *Minha mãe é mais bonita.* E agora, cara? "Sou o... Prazer?" Melhor não, antes quietinho. Nem sabe o meu nome.

Ela prefere o mesmo sofá, ao seu lado esquerdo, diante da porta interna. Costume azul-claro, remates vermelhos discretos. Meia cor da pele. Sapato preto de saltinho. Sim, as duas muito parecidas.

Observa as pernas cruzadas, um pé balançando, inquieto. Bem torneadas, adivinha a carne alvíssima, lavada em sete águas florais. A curva preciosa do joelho, a suave covinha. Ela repuxa a saia que sobe, gesto delicioso. Oh, as lindas panturrilhas, sou tarado. E o jarrete, ó ninho de veios secretos, já pensou? Essa palavra é convite ao... Não pense, cara. Engole em seco.

– A senhora é mãe da Maria?

Epa, que voz rouca é essa. Pigarro.

Volta-se um tantinho para o seu lado. Bem-vestido, de gravata. O melhor terno azul-marinho.

– Sim.

Cruza e descruza as pernas.

– Bonito, hein? Que papelão. Onde a cabeça de vocês? Dois adultos, quem diria. Os filhos a gente protege com tanto amor. Mil cuidados. Mas não, o pai é quadrado, a mãe careta. E agora, isso. Tão moça, passar por tudo isso.

Ele concorda, acenando e suspirando.

– Pois é. Não sei como. Mais que... A gente nunca esperava. Só que aconteceu.

Ela olha de soslaio para a sua mão esquerda – ainda bem, por causa da musculação, não usa aliança.

– Está certa, a senhora. Todinha razão.

– Menos mal que o pai não sabe. Ai de vocês. Se ele descobre, mata os dois.

– Com todo o direito.

A saia sobe, ela persegue-a com dedos longos e nervosos. Sacode o pezinho, ó pezinho. E de novo, ó panturrilhas. Ai, não: o som rascante na meia de seda – será uma das que, no gozo, enterram as unhas em fogo... Ei, cara, delirando outra vez?

Passada a tensão, o diálogo mais ameno. É longa espera.

– Curitiba não é a mesma. Quem dorme com tanta zorra? Ainda mais, um marido que ronca. E esse maldito trenzinho não para de apitar. Às vezes me desespero. Vou dormir na sala.

Mulherinha que se queixa do marido? Essa não me engana. O tipo ronca... ela suspira sozinha no sofá – de camisola com renda e lacinho rosa? apenas o casaco do pijama de florinha... mais nada, querida?

– No meu edifício, os mil cachorros da vizinhança. Latindo e uivando a noite inteira.

Que bom, ela não foge dos teus olhos. Poucas mulheres fazem isso. Agora maiores e mais verdes. Podem te engolir, não mais de ódio.

Uma hora já se passou. Nem uma só vez uma pergunta pessoal. Ah, o inverno medonho de Curitiba, cada ano mais gélido.

– Muito friorenta. Ai, se não é a meia de lã, a minha pantufa branca...

Epa, o bruto nem lhe esfrega e beija o pezinho.

– E a crise? Em tempo de inflação, a dura vida do empresário. A butique vai bem, mas até quando? Com as vendas do fim de ano, aplicar na poupança? Ou investir para crescer, se endividando no banco?

Era a deixa que ele esperava.

– Empréstimo no banco? Jamais. Os juros escorchantes. As vendas vão bem, sim, e o risco da inadimplência? Não confundir lucro e receita. Sem aviso, novo plano? novo confisco? A prudência de aguardar. Que estabilize a economia. Se aplicar, seja na renda fixa. O fluxo de caixa...

Ela passa a demorar o fosfóreo olho verde. Enfim está me valorizando. Não sou babaca qualquer. E responde com segurança às suas dúvidas. O cenário? Da queda próxima de juros. Uma assessoria financeira lhe sugere. Que tal agendarem reunião para a semana?

– A senhora pode me ligar. A Maria tem o meu número.

Resiste a estender o cartão ali no bolsinho. Orra, se cai na mão do pai assassino? De repente o toque da campainha. Vozes. Estalido da porta.

Cabisbaixa, uma garota cruza por eles, some na porta interna. Ela também? Parece menor.

Mais meia hora se arrastou. Ei, não era tempo? E bate na porta.

– Ainda demora?

– Não. Ela já sai.

Em seguida vem a mocinha, sorriso lívido. Move-se devagar, um tanto insegura. A mãe beija-a, envolve nos braços:

– Está bem, filhinha?

Sim, com a cabeça.

– O carro, mãe? Você traz? – estende-lhe as chaves. – Já vamos descendo.

Ele a ampara no corredor deserto. Muito cuidado ao descerem os degraus. Em passinho miúdo até a esquina.

– Foi tudo bem? Agora vai descansar? Ele recomendou repouso?

– Vou para casa. À tarde tenho prova. Não posso perder.

– Até depois. Me dá um abraço.

Pronto, a moça nele se agarra e desata no choro. Mais, a soluçar alto. Ali, dez da manhã, rua cheia de gente. Ele, em pânico: Se chega um conhecido, vê a guria em pranto nos meus braços? Dizer o quê? A mãe dela morreu? A mãe, não. Melhor o pai, que nem conheço.

Todos que passam ficam olhando. Ela não para de soluçar. O que esse monstro fez pra ela? Estou perdido. Ó Deus, me acuda. Baixinha, mal lhe alcança o ombro, o rosto escondido no seu peito forte.

Mas ele? É visto e vê por sobre a cabeça. Uma cara patética, de natureza-morta. Todo mundo espiando, alguns sorrindo. E esse carro, pô, que não chega.

Enfim chega, abre a porta. Desajeitada, ela entra. Ele a ajuda, toda trêmula. No rosto as lágrimas correndo soltas, por que não enxuga?

Aceno. Lá se vão as duas. Salvo, orra. Te devo essa, Deus. Aprendi a lição, juro. Nunca mais. Longe de mim, ó tentadoras!

Precipita-se para o escritório. Trabalha frenético. Jamais tão delicado e solícito no trato. Se lhe pedissem um copo-d'água, iria às crateras da Lua para atender. Meio da tarde, liga:

— Tudo bem com você?

— Sim. Tô bem.

— Fez a prova?

— Não. A mãe não deixou. Nem tive coragem.

— Se der uma folga, passo aí pra te ver.

— Venha, sim. Pra gente conversar.

Faz dois, quase três anos. Não foi aquela tarde. Acompanhou a mulher nas compras de Papai Noel. Envia-lhe, porém, um bonito cartão de Natal – nas circunstâncias, um nadinha irônico?

Uma semana depois, o depósito de 400 reais na sua conta – é garota de palavra. E nunca mais falou com ela.

Nem a mãe telefona pela assessoria. Uma e outra ocasião, ele passa de carro diante da butique. A tentação de entrar: os finos dedos que castigam a saia indócil, a curva lancinante da panturrilha, ó pezinho de suas delícias.

Ah, sim. Muita noite ainda sonha com criança. É um menino.

# 31
## Capitu sou eu

A professora de Letras irrita-se cada vez que, início da aula, ouve no pátio os estampidos da maldita moto.

Aos saltos de três ou quatro degraus, lá vem ele na corrida, atrasado sempre. Esbaforido, se deixa cair na carteira, provocante de pernas abertas. Mal se desculpa ou nem isso. Ela reconhece o tipo: contestador, rebelde sem causa, beligerante.

O selvagem da moto é, na verdade, um tímido em pânico, denunciado no rubor da face, que a barba não esconde. E, aos olhos dela, o torna assim atraente, um cacho do negro cabelo na testa.

Na prova do curso, o único que sustenta a infidelidade de Capitu. Confuso, na falta de argumentos, supre-os com a veemência e gesticulação arrebatada: infiel, a nossa heroína, pela perfídia fatal que mora em todo coração feminino. Insiste na coincidência dos nomes: Ca-ro-li-na, da mulher do autor (com os amores duvidosos na cidade do Porto), e o da personagem Ca-pi-to-li-na...

A traição da pobre criatura, para ele, é questão pessoal, não debate literário ou análise psicológica. *Capitu? Simples mulherinha à toa.* "Mulherinha, já pensou?", ela se repete, indignada. "Meu Deus, este, sim, é o machista supremo. Um monstro moral à solta na minha classe!" E por fim: "Ai da moça que se envolver com tal bruto sem coração..."

Na prova escrita os erros graves de sintaxe e mera ortografia já não são disfarçados pelo orador com pedrinhas na boca. E por que, a sublinhá-los na caneta vermelha, tanto a perturbam as garatujas canhestras?

Nas aulas, por sua vez, ela que o confunde: sadista e piedosa, arrogante e singela. Sentada no canto da mesa, cruza as longas pernas, um lampejo da coxa imaculada. E, no tornozelo esquerdo, a correntinha trêmula – o signo do poder da domadora que, sem chicotinho ou pistola, de cada aluno faz uma fera domesticada. Elegante, blusa com decote generoso, os seios redondos em flor – ou duas taças plenas de vinho branco?

Finda a aula, deparam-se os dois no pátio, já desaba com fúria o temporal. Condoída, oferece-lhe carona de carro, não moram no mesmo bairro? No veículo fechado, o seu toque casual a estremece, perna cabeluda à mostra com o bermudão e botinas de couro. A cabeleira revolta não esconde, agora de perto, o princípio de calvície.

Ao clarão do poste, as gotas de chuva lá fora desenham no rosto da professora fios tremidos de sombra. Com susto, o moço descobre que, sim, é bela: as bochechas rosadas pedem mordidas, sob a coroa solar dos grandes cachos loiros. Sem aviso, inclina-se e beija-a docemente. Para sua surpresa, em vez de se defender, a feroz inimiga lhe oferece a boquinha pintada, com a língua insinuante.

Dia seguinte ela telefona, propõe irem ao teatro, já tem os convites. Essa, a norma no futuro: tudo ela paga – o ingresso, o sorvete na lanchonete, a conta do restaurante.

Na volta, ela comenta o espetáculo. Ele ouve apenas. Silêncio inteligente? Ou não tem mesmo o que dizer? No carro, mais beijo, mais amasso.

"Louca! Louca! O que está fazendo? Nada de se envolver. Logo esse, um babuíno iletrado, que coça o joelho e odeia Capitu? E o teu filho, mulher? Não pensa que...?" É tarde: língua contra língua, apenas uma boca faminta que pede mais e mais.

Dias depois, convida-o para jantar. Música em surdina, luz de vela, vinho branco. Um filme clássico no vídeo, nenhum dos dois chega a ver. É a confusão da primeira vez:

– Como é que desabotoa? Não consigo...

– Cuidado, bem. Assim você rasga!

Só o bruxuleio da tela. Tudo acontece no falso tapete persa da sala, onde ele derruba o seu copo de vinho: ó dunas calipígias movediças! E sai de joelho todo esfolado.

Flutua dois palmos acima do chão: "Como é gostosa, a minha professorinha!"

À sua mercê, na pose lânguida de pomba branca arrulhante. O queixo apoiado na mãozinha esquerda (com tais dedos fofinhos, tal Mariazinha estaria perdida na gaiola da bruxa). O sestro de apertar o olhinho glauco que a faz tão sensual – e era apenas, ele soube depois, o da míope sem a lente de contato.

Uma semana mais tarde, de volta do cinema, ele entra para um cálice de vinho do Porto. Daí se queixa do joelho esfolado. Ela o recolhe no quarto, a ampla cama redonda.

Ao clarão da lua na janela. Sempre a luz apagada, uma cicatriz de cesariana? Arrepiado, ele evita acariciar-lhe o ventre. Mais excitante:

– Eu não sei fazer direito. Com ele... nunca fiz.

Casada 7 anos com um dentista. Divorciada há dois. Um filho de 5.

– Com o tal nunca senti prazer. Me ensine.

O que ela não conta: 10 anos mais velha.

– Eu quero aprender. Só para te agradar.

– ...

– Com você é por amor.

De súbito, já esquecida:

– Põe tudo, seu puto. Vem todo dentro de mim!

É o ritual. Mais um filme clássico, que ele abomina e não vê. Ela, aos gemidos e suspiros:

– É assim que se faz? Pode pedir. Tudo o que... Sou a tua escrava!

Escrava, sim, rastejadora e suplicante ou professora despótica, ainda na cama:

– Estes dois, está vendo? Não são para exibir.

– ?

– São para pegar, seu puto. Não é enfeite!

A suposta aprendiz, na verdade, mestra com louvor em toques e blandícias.

– Agarre. Sim. Com força. Assim.

– ...

– Aqui, beba o teu vinho.

Quer viciá-lo, ela, a droga fatal?

– E mate a tua sede!

Se domina com fluência quatro ou cinco línguas, mais graduada é a linguinha poliglota em ciências e artes.

– Estou fazendo direito? Ai, meu amor, vem... Eu quero tudo. Você todinho. Mais, seu...

Ó grande gata angorá – luxo, preguiça e volúpia –, os olhos azuis coruscantes no escuro.

– Fale, você. Ei, por que não fala?

Ele, durão. Nem um pio. Aturdido com tamanho delírio verbal.

De repente, batidas na porta. Fracas, mas insistentes.

– Pô, quem será?

O moço, um coração latindo no joelho trêmulo. Decerto o maldito ex-marido (*Não é minha? É de mais ninguém!*).

– Orra, o que eu... agora...

Nu, só de meia branca. "E agora, cara? Se esgueirar para debaixo da cama? Pular a janela? Sair voando pelo telhado?" *145*

Um fio de voz:

– Mãe, por favor.

Ela já enfia o roupão.

– Mãezinha, estou com medo!

De chinelinho, a mão na sua boca:

– Não se mexa. Quietinho. Já volto.

Fecha a porta. As vozes se afastam. Ele acende o abajur: mania dela, só no escuro. Algum defeito, além da famosa cicatriz? Vergonha do grosso tornozelo?

Todo vestido, espera sentado no sofá. "Nu, já não me pegam. Nunca mais."

De volta, ela explica que, isso mesmo, o menino se assustou. Medroso, quer dormir na cama da mãe. Sossega-o, mas não deixa: nada de fixação edipiana. Sempre as malditas fórmulas do velho charlatão, diz ele. Ou pensa, mas não diz.

Dois beijos, ele se despede. E sai de mansinho.

Dias depois, ela o convida, ele dá uma desculpa. Outro convite, outra desculpa. Na terceira vez, o encontro no teatro.

Logo no início da peça, ela não se contém. Voz alta e estridente, chamando a atenção dos espectadores, exige uma explicação. Cansada de amores furtivos. Não é mulherinha qualquer. O moço que se decida: assume o compromisso?

Em pânico, ele encolhe-se na cadeira.

– Eu passo a tomar pílula?

Olha fixo para o palco – depois dessa, Beckett nunca mais.

– Ou é o fim?

Ah, bandido querido, ela começa a chorar por dentro. Mil palavras nada podem contra o brado retumbante do seu silêncio. Não encobre, certo, verdades profundas e caladas. É apenas uma linda cabecinha vazia de ideias – e sentimentos. Desesperada, agarra-lhe a mão. Geme, baixinho:

– Me perdoa... Me perdoa...

Não ele. E aproveita a deixa:

– Você tem razão. É o fim.

Só falar em enigma de Capitu, ele já passa a mão no revólver.

– Sou muito moço para...

Sem perdão ela foi condenada, sequer o benefício da dúvida.

– Isso aí. Já falou. É o fim.

Dia e noite, ela telefona. E pede, roga, suplica, por favor. Que volte, por Jesus Maria José. Ele acaba cedendo. E já os mesmos não são: o doce leite que, só para ele, secretavam ainda os seus peitinhos presto azedou.

O mau aluno revela o pior: bebe o seu uísque, o seu vinho, o seu licor. Perde o acanho, prepotente e abusivo. Só deixar um tímido à vontade nos jogos do amor – e sua audácia não tem limite. Quer tudo, e já. Se, dengosa, ela nega para, entre agradinhos e ternurinhas, logo ceder – não com ele. Segunda vez não pede, o bruto simplesmente toma à força.

Ali na cama do casal, sob o crucifixo bento e a santa de sua devoção, ela se descobre uma bem-dotada contorcionista. É ela? é a sua gata angorá? possessa e possuída, aos uivos, em batalhas sangrentas pelos telhados na noite quente de verão?

Pela manhã, depois que ele se vai, chora de vergonha. "Como eu fui capaz... Não só concordei. Quem acabou tomando a iniciativa? Só eu. Euzinha. Não jurei que nunca, nunca eu faria... Meu Deus, como beijar agora o meu filho? Ó Jesus, sou mulherinha à toa? Eu, culpada. Eu... Capitu?"

Muito desconfia que, apesar da fanfarronice, ele o mais inexperiente. Disfarça o enleio com a feroz truculência. Chegará logo logo ao tabefe de mão aberta (que não deixa marca) e às palmadas sonoras na bundinha arrebitada. Não é o que merece uma cadelinha feminista, advogada graciosa da filha do Pádua?

Deixa-o de carro diante do barzinho, para encontrar os amigos. Amigos? As coleguinhas lindas e frescas, além de desfrutáveis. Boa safra, essa, para um jovem garanhão!

Ao sentir que o perde, tudo o que ela faz para retê-lo mais o afasta. Ah, quão pouco lhe serve agora a prosápia dos barões legendários: com a paixão e o desespero, vem o ciúme furioso. Não esquece que ele pode ter quantas queira – 10 anos mais novas que... *a tia*? E que, elas mesmas, se oferecem agressivas. Sem promessa de constância ou fidelidade.

A tia bem o sufoca, executora de promissórias vencidas e extintas. Tão diferente da outra (vestida só de cabeleira dourada – adeus, nunca mais, ó dunas calipígias movediças!). Agora exige votos de eterno amor antes, durante e depois do amor efêmero.

Até que uma noite ele cavalga a moto, selvagens a máquina e o piloto, impávido na jaqueta negra de couro – surdo aos gritos que o estampido do motor abafa –, fruindo a liberdade da cabeleira ao vento (merda para o capacete!) e antegozando a próxima conquista.

– Adeus, gorda grotesca de coxa grossa!

Ela, arrependida e já resignada com o seu próximo calvário: a perseguição humilhante pelos bares, onde ele exibe o troféu de guerra da correntinha do tornozelo (*essa tia louca lá fora, sabe quem é?*), a longa vigília diante da sua casa (mora com a mãe viúva), as preces não atendidas, as cartas patéticas, ainda que sem erros de sintaxe ou ortografia – merda para a correção gramatical!

Um babuíno tatibitate, ah, é, que coça o joelho? Quem dera, ainda uma vez, beijar esse joelho esfolado e, rastejando aos uivos, lamber as suas feridas... Ai dela, mesma situação da outra, enjeitada lá na Suíça pelo bem-amado, desgracido machista. E, apesar da péssima prova, graduado por média, com distinção em Literatura.

Essa mesma que, ciosa de sua dignidade, rejeitara uma carona de moto, ao ver que ele se vai, dela esquecido, quer segurá-lo – tarde demais. Na fantasia doida, alcança-o e salta-lhe na garupa, agarrada firme à cintura. Lá seguem os dois, abraçados, à caça de aventuras.

Depois que ele recolhe a moto na garagem e dorme serenamente na cama, ela continua na dura garupa. Condenada a vigiá-lo, a guardá-lo, sempre a esperá-lo.

Caminha descalça pelo inferno de brasas vivas. Uma série vergonhosa de casos: fotógrafo homo, pintor futurista, professor impotente, sei lá, poeta bêbado.

E, última tentativa de reconquistar o seu amor, acaba de publicar na *Revista de Letras* um artigo em que sustenta a traição de Capitu.

A sonsa, a oblíqua, a perdida Capitu. Essa mulherinha à toa.


# 32
## O estripador

No sábado, pelas cinco da tarde, a moça voltava da Igreja Adventista Filhos de Jesus. Pouco antes da casa da patroa, viu o tipo mal-encarado. Correndinho atravessou a rua.

A casa tem muros altos e um pequeno corredor na entrada. Com a chave na mão, diante da porta, foi alcançada pelo cara, que lhe encostou uma faca na cintura:

– Nem um pio. Que eu te furo!

Um dia frio, ela estava de jaqueta, mesmo assim doeu fininho. O cara apertou mais a arma:

– É um assalto. Dá a bolsa.

Ela estendeu a pobre bolsa: 7 reais em notas e moedas. O tipo achou pouco.

Graças a Deus, vinha um casal na sua direção.

– Bem quieta, você. Feche a bolsa.

Daí passou o caminhão do lixo. Ela tentou fazer um sinal. O cara percebeu, e cutucando o punhal:

– Olha pra cá.

Disfarçando, ele acenou para o lixeiro, pendurado ali no estribo:

– Oi, tudo bem?

Em seguida surgiu um ônibus amarelão. Ele ignorou. À espera do seguinte, no sentido bairro. Voz forte e grossa:

– Você vem comigo. Ou te sangro aqui mesmo!

Suplicante, ela retorcia as mãos:

– Sou a babá do menino. Ele está doentinho. Precisa de mim.

Girava no dedo o anel: confessar que era noiva?

Em pânico, obrigada a subir com ele no ônibus. Perna trêmula, abriu a boca para gritar... E tinha perdido a voz. Da boca aberta nadinha de som.

Mas o seu coração dava berros.

Ficaram de pé. Ela sentia a faca ali furando a jaqueta nova de couro. No terceiro ponto, ele tocou a campainha. Os dois desceram.

Andaram duas quadras. Ele viu o terreno baldio. Lá nos fundos, uma e outra casa. Ainda era dia claro:

– Não. Aqui, não.

O tempo inteiro rezava muda. Todas as preces numa só palavra – Jesus. Entregou a alma ao Filho e ao Pai.

Ele caminhava depressa. Agarrava-a com força pelo braço. Outro terreno vazio. Só uma casa de porta e janelas fechadas. Assim que avançaram, a luz da varanda foi acesa. Ele bateu em retirada.

Mais um terreno com pessoas nas casas. Ele continuou a busca.

Lá adiante:

– É aqui.

Tudo deserto. Noitinha. Um barraco sem ninguém.

Até então, fé e esperança haviam-na amparado. Caiu em desespero.

– Tire a roupa.

Ela não queria. Fechou bem as pernas. Ele ergueu a lâmina e rasgou a manga do blusão.

– Pra mim, matar é fácil. Escolha.

A moça tremia toda. Chorava muito. De joelho e mão posta:

– Tenha dó. Em nome de Jesus Cristinho. Leve a bolsa e a jaqueta. Por favor. Só me deixe ir.

Pensa que teve dó, o bruto? Daí ela foi obrigada. Tanta confusão, a pobre tinha andado pra cá pra lá, sem parar. Assim cansada, onde as forças de lutar e se defender?

E fez com ela o que bem quis. Fez isso.

– Os dentes, não. Sem os dentes, sua...

Mais isso.

151

– Abra. Mais. Senão eu...

Rasgou e rebentou. Uma brasa viva entre as pernas. Mais aquilo.

– Se vire. Não. Assim.

Estripou. A coitada que, virgem, se guardava para o noivo, cuja vida era de casa para a igreja e da igreja para casa.

Só a deixou depois de toda ensanguentada. Foi de tal violência. Aproveitou o mais que pôde. Uma carnificina.

Já era noite. Mas tinha gente passando ao longe. Um casal de conversa lá na rua. Se ela gritasse, alguém devia escutar e acudir. O bandido adivinhou na hora:

– Nem pense nisso!

E espetando a maldita faca no peito nu:

– Quer ver sangue?

Sem ela esperar, começou tudo outra vez. O tipo se serviu bem direitinho. Ainda mais ferida e machucada.

Um carro parou adiante na rua. Faróis apagados. Ele achou perigoso. Mandou que ela se vestisse.

Já arrumados, o cara bem sério:

– Abra o Livro no Salmo 130.

Tal o espanto, a moça ergueu os olhos. E primeira vez ela viu quem era: grandão, meio gordo, bigodão negro.

Certo que abriu a Bíblia, mas você tem voz? Nem ela, ainda mais no escuro. Ele então buscou a sua no bolso, pequena assim. Ao clarão da lua, movia os lábios, sem palavras – estava lendo ou sabia-o de cor?

Disse que também era evangélico. Abandonado em criança pela mãe. E, depois de casado, pela Maria – a única de quem gostou. O amor, essa coisa, sabe como é. Todas as mulheres eram vagabundas. Ele disse outra palavra. Para se vingar, caçava as moças na rua. Se não fosse ela, tinha sido outra. Às vezes, atacava duas no mesmo dia.

– Não tenho nada a perder.

Foram andando a par. Já não a tocava. De repente:

– Agora vá.

Devia ficar contente por deixá-la viva. E agradecida ao Menino Jesus, podia ter sido pior.

– Não olhe pra trás.

A pobrinha chegou em casa pelas onze e meia da noite. Arrastava os pés, toda torta e gemente. Sangrando pelos nove orifícios do corpo.

Trazia o relógio de pulso e o anel de noiva. Por eles o tipo não se interessou. Só pelo dinheiro. Achou pouco 7 reais. Mas levou assim mesmo.

Foram umas três semanas até sarar das rupturas, lesões e remendos. Não sabe ainda a resposta do exame para aids e hepatite.

A patroa não a quis mais de babá. O noivo, esse? Sumiu. Está custoso achar novo emprego. E nunca pôde reler o Salmo 130. Quando chega a sua vez, fecha os olhos e salta a página.

Dá uivos, meu coração nu. Esse bigodão negro e a golfada de fel e cinza na boca.

Do Salmo 130 se livrou.

E como evitar a hora fatídica das cinco da tarde? Que se repete, sem falta. O dia inteiro são sempre cinco da tarde. Cinco horas paradas no seu reloginho de pulso.

Os ferimentos cicatrizaram, é verdade. Mas nunca ficou boa. E nunca mais foi a mesma.

# 33
## Rita Ritinha Ritona

Aos 13 anos, Ritinha floriu numa orgia de beleza. Toda graças e prendas. Foi um susto na família. Um espanto entre as amigas. Uma surpresa a cada desconhecido.

À sua passagem, os cãezinhos a passeio presos na coleira davam duplos saltos-mortais de alegria. Nas janelas os vasinhos de violeta batiam palmas para lhe chamar a atenção. As pedras mudavam de lugar na calçada, cada uma disputando o afago do seu pezinho. Os semáforos se acendiam em onda verde, não atrasá-la caminho da escola. Um bando de garças voou lá do Passeio Público para vê-la.

Desde menina dançou balé, estudou inglês, atirou-se do trampolim mais alto na piscina. Tinha seu próprio quarto, com tevê e computador. Cartazes de Paul McCartney e *O beijo*, de Klimt. Uma foto do selvagem Brando.

Aos 15 anos, de um dia para outro, segundo susto, novo espanto, maior surpresa. No seu corpo aconteceu um milagre da natureza: ó delírio de curvas, doçuras e delícias!

Ao vê-la da primeira vez, você logo suspirava: *Ai, Rita, meu amor!* De joelho e mãozinha posta. Igual se deslumbrou diante do mar nunca visto – as grandes ondas rebolantes desse mar de olhos verdes, despenteando ao vento as longas melenas loiras de espuma. E, tocado de tal assombro, gemerá para sempre: *Ai, Ritinha, Rita, Ritona!*

Para ela, cada dia era uma festa. O telefone da casa nunca mais parava de tocar. Um namorado novo toda semana, às vezes dois ao mesmo tempo. Nunca chegava sozinha e sim num arrastão de amigas, tagarelando e rindo – alarido festivo de baitacas em revoada.

Ao seu lado, todas ficavam feias e pálidas. Perturbada com o próprio esplendor, buscou em vão esconder a beleza e exagerava no disfarce. Setenta e sete tipos diversos de brincos. Correntinha no tornozelo. Mil cores de batom para combinar com a roupa. Unhas também coloridas, miniatura em cada uma. Um armário de minissaias.

Nas temporadas de praia, Rita namorou quanto banhista possível. O vizinho tinha gêmeos. Num verão foi um dos irmãos; no seguinte, o outro. Resistir, quem podia? Estrela rósea do mar, em quatro modelos de biquíni. Chapéus, cangas, sandálias. Mil presilhas e elásticos no cabelo. Arsenal devastador para uma jovem matadora de corações.

Foi a todas as festinhas consentidas pelo catolicismo dos pais – e sem permissão a outras tantas. Sob a mansa beleza, não se iluda: uma leoa rondava lá dentro. Às proibições sempre injustas, segundo ela, reagia com violência, aos gritos. Ai de quem a enfrentasse:

– Não pode, mocinha. Papai não deixa. Deus não quer.

Os grandes olhos verdes trovejavam raios. Na sequência de argumentos, Ritona era fulminante:

– Que é que tem de mais?

Agressiva:

– A vida é uma só.

Vencendo definitiva a discussão:

– Eu não pedi para nascer.

Na celebração dos 16 anos, disputada pelo bando de amigas (do colégio, do inglês, do balé, da igreja, da vizinhança) e pelos ex, atuais e futuros namorados. Rita afirmou o seu direito a tudo: banda ao vivo, o vestido decotado, cabelo e maquiagem de mulher. Valsa com o pai, o avô, o irmão e o amigo mais íntimo. Mil damas de honra, cada uma com uma rosa na mão – ela a rainha única da festa.

Foi a sua última festa.

Pouco depois conheceu o José. Não sei onde nem como. Suponho que em algum evento de jovens ecumênicos, porque ele é calvinista. As igrejas gostam de promover atividades esportivas e culturais para adolescentes e jovens. Em todo caso, não sei. Só que, ao vê-lo, Rita sentiu no peito doendo fininho sete alfinetes de fogo.

Ele foi a sua ruína. Quando começou, ninguém se apercebeu – apenas mais um de uma longa lista. Após dois, três meses, começaram a ficar impressionados. Tomara juízo afinal e assentava a cabecinha naquela sucessão frenética de casos?

Passado meio ano, a família decidiu reparar no rapaz e descobrir o que a filha via nele. Até então, o José aparecia uma e outra vez em algum aniversário. Mais não fazia que cumprimentar de longe. Quieto no seu canto, com ninguém falava. Opinião unânime: bonito não era. Nem interessante ou divertido. Porte atlético? Nunquinha: magrelo e esquálido. Ao aparecer de calção na praia, verificaram que as pernas, além de cabeludas, eram cambaias. Quais podiam ser os seus atrativos secretos?

A essa ausência deles, Ritinha respondia com olhos submissos e alumbrados – bem suspeitaram fosse presa de algum feitiço. Era a mesma rebelde que despedia os pretendentes com enfado e arrogância? Até a vez dele fora tão louca, festeira, prepotente. E a família aceitou aliviada aquele namoro exclusivo. Por isso custaram a notar as pequenas mudanças no seu comportamento.

A maquiagem foi aos poucos sumindo, ao José não agradava. Batom vermelho-fogo nunca mais. As saias aumentaram, agora mais compridas que as da mãe, abaixo do joelho. Salto alto nem pensar, ficava um tantinho maior que ele. Das amigas foi se afastando, uma a uma. Para o

José, esta era muito exibida. Aquela, má companhia. Uma terceira, invejosa.

Às festas só podia ir com ele. E como ele não era de festa... As bijuterias, correntinhas, brincos, deu à irmã caçula. E, para consternação da família, surgiu na praia – oh, não – de maiô preto inteiriço. (Lá de longe eis que vinham as pequenas ondas, uma atropelando a outra, na ânsia de ser a primeira a beijar em flores de espuma os seus róseos pezinhos.)

Desgosto da mãe: começou a frequentar o culto calvinista. Desespero do pai: desistiu do inglês. Na reunião urgente da família, Ritona se defendeu com a antiga ferocidade. Os pobres pais reconheceram desiludidos que tudo era inútil: proibição de sair, mesada reduzida, ameaça, sermão e lágrimas. Uma só concessão ela fez: concluir a graduação do inglês.

Já que ela não saía, o José passou a frequentar diariamente a casa. Quanto ao inglês, estudavam juntos – e o que podiam agora os pais alegar? No caso de festa muito especial (um grupo do colégio, uma amiga, um clube), o distinto se recusava a ir. A guerreira adormecida se insurgia, pronta a desafiá-lo. No início conciliadora, pedia e suplicava. Afinal:

– Então vou sozinha.

– Pode ir – ele não discutia. – Só que está acabado. Entre nós tudo acabou.

Covardemente, a leoa já lambia a mão com o chicote.

Às vezes iam ao cinema. Ele esperando na sala. Ela chegava lindíssima, a cabeleira de fogo e mel, o vestido vermelho novo – os seios de cornucópia à vista com todos os frutos da terra.

– Ah, não. Esta saia é muito curta.

– Com você assim eu não saio.

– E esse cabelo? Não tem escova?

Nunca um elogio. Ritinha voltava chorando ao quarto. Calada, trocava de roupa. E acabavam não saindo.

Passados um, dois anos, a família odiava o nosso maniqueísta da saia curta, o discípulo fariseu de Calvino, o capeta de bigodinho que roubava da garota o riso, a luz, o verde dos olhos. Então era tarde: ela fez 18 anos. Agora maior e senhora do seu destino.

José vem todo dia jantar na casa. Filho único de uma viúva de militar, da qual tem vergonha e mantém escondida. Rita enfeita o seu lugar à mesa: todos os quitutes ao alcance da mão. Ai, o patê de salmão que o tipo gosta. O presunto cru que o fulano gosta. O queijo fresco que o tal gosta.

A família mal o tolera. Às vezes retiram-se antes dele chegar. Ao distinto (evitam pronunciar o seu nome) é indiferente, serve-se com o apetite de sempre. Não conversa. Você só escuta a voz amorosa de Ritinha:

– Hoje na aula de Anatomia...

– Estou pensando se você...

– Que tal o tempero, amor?

– Aceita mais um pouquinho de...

Foi então que aconteceu. No seu monólogo se referiu quem sabe a algum novo passo de dança. Ele acabou de comer, cruzou os talheres e decidiu o fim do balé. A moça não podia acreditar:

– É o que faço desde pequena!

– Bem por isso. Já foi bastante.

– O que mais adoro!

– Mais que a mim?

– Não... não...

Agora é demais. O tirano se desmanda no seu poder absoluto. Uma tragédia para ela. Um escândalo para a família, que exulta: chegou a hora da verdade. Sem falar, Rita se recolhe ao quarto – todos à espera do rugido da leoa.

Dois, três dias ele não voltou. A guria chorando trancada no quarto. Ao anunciar enfim que desiste do balé, duramente criticada.

– Quem acha esse tipinho que é?

Ela, uma rainha de Sabá. Ele, um caniço de pernas tortas. Tudo a moça ouve, cabecinha baixa, sem sorrir.

À noite, quem estava lá, se deliciando com o patê e o presunto? Entre beijos gulosos de uma canarinha à sua volta trinando feliz. O amor, essa coisa, sabe como é.

O pai resolve, em desespero, enfrentar o carinha: aos 20 anos, sem emprego fixo, é dependente da mãe, da qual ganha uma pequena mesada.

– Olhe aqui, mocinho. Veja esta casa. Veja a vida que tem a Rita. Acha que pode lhe oferecer as mesmas regalias?

– A gente não precisa de dinheiro. A gente se ama. É isso que importa pra gente.

– Só que o amor não paga as contas.

– O senhor diz isso porque vive no luxo.

– Ah, é? Luxo que você bem desfruta.

– É só falar. A gente não pisa mais aqui, não.

Interrompidos por um grito de súplica e dor:

– Pai!

O velho baixa o tom da voz:

– Não foi o que eu... Mas pense no teu futuro, moço.

Na primeira oportunidade, em breve ausência da moça, torna ao ataque:

– Você não é marido para a minha filha.

– Quem tem de dizer é só ela. Mais ninguém.

A mãe receia que as discussões provoquem a antecipação do casamento. Sua esperança é de Rita se interessar, nos

2 anos finais de faculdade, por algum colega ou médico do hospital. Pouco importa católico ou luterano – basta não seja o abominável fulaninho.

Para aflição geral não é que a garota fala em casar? E, duplo desgosto, na Igreja Calvinista. A família se une em vã tentativa de dissuadi-la. Nenhum de nós o aprecia. Os que não odeiam, mal o toleram.

José continua impávido no seu silêncio. Toda noite, senta-se à mesa e come até se fartar. Ainda esquálido e magro. Na falta do balé, quem engorda é a nossa Ritinha. Mais linda nas curvas mais sinuosas. Um tantinho triste. E nela mesmo a tristeza lhe assenta bem.

Os viajantes de longes terras, ao falarem da nossa cidade anos depois, se lembrarão apenas – ó alegria para sempre! – da garota sem nome, entrevista por alguns instantes, caminhando por entre as nuvens, no seu vestidinho branco de verão.

Se você lhe pergunta:

– Rita, meu amor, vamos ao cinema?

Ou:

– À casa da Paula?

Ou ainda:

– Às compras no shopping?

A cada vez, Rita, Ritinha, Ritona se agita. Pessegueiro em flor pipilante de pintassilgos. Oh, não, olha para o tipo... Que simplesmente franze a testa.

Ela deixa a tua pergunta sem resposta. Faz um gesto indiferente. E, diante da janela, se põe a falar do sol que brilha ou da chuva que cai.

# 34
## O perdedor

O senhor conhece um tipo azarado? Esse sou eu. Em janeiro bati o carro, não tinha seguro. Depois roubam o toca-fitas, nem era meu. Vendi os bancos para um colega e recebo só a metade.

Em março, despedido da firma onde trabalhei 7 anos. Empresto o último dinheirinho a outro amigo, que não me paga. Vou a um bailão, não danço e acabo apanhando.

Comprei um carro velho, atraso as prestações, o dono toma de volta. Monto uma banquinha, o negócio não dá certo. Sabe o que é um cobrador de vermelho sentado à tua porta?

Passo o ponto com prejuízo e vou à luta por um emprego. Preencho mil fichas, a resposta uma só: ganhava bem, não posso ter o salário reduzido.

Domingo no parque, dois pivetões me assaltam. Fico sem tênis, o relógio, o boné do meu time, eterno perdedor.

Era pouco ao Senhor? Estou com os dentes ruins, a vista fraca, acho que é diabete. Mais que converse com a mãe, visite a irmã, divirta os sobrinhos, faça um biscate, me sinto cansado de viver.

Noivei com a Maria que ontem me contou ser a outra de um fulano casado.

Ó Deus, de que lado está o Senhor? Sozinho em casa, fiz a barba, tomei banho, vesti a jaqueta cinza, a gravata azul de bolinha.

Lá vou eu de viagem: elegante, em flor, na ponta de uma corda. Perdão, mãe. Adeus, pessoal. Desta vez, Senhor, tem dó de mim.

# 35
## Feliz Natal

Eu? Nove lances, eu? É mentira da moçada. Uma delas grávida? O que eu tenho são três assinados. Não sei dizer, não. Sempre que estou na rua, eu bebo. Um bagulho aí. Conhaque. Puxo um baseado, certo? Mais umas cervejas. Umas caipirinhas, tudo misturado.

Aí fico meio doidão. Nada pra fazer. Já fui servente e saí, ganhava pouco. Na batalha de outro e tal. Aí não arrumei. Pra casa da mãe eu não vou. Muito mordida, essa bruxa. Não sabe se cuida de tanto filho. Eu fico zoando.

Orra vida, não tenho mais aonde ir. Que neguinha me quer? Então fico na rua e tal. E fico zoando. Estou pra tudo. Pra morrer, pra matar. Certo? Muita deu sorte que não morreu.

Um dia falei pra uma irmã: "Fiz umas artes aí e tal." "Você fez, pô?", ela disse. "Que se dane, pô." Mulher não tem pena. Tá ligadão? Mata o babaca de pouquinho. Mata quanta vez ela pode.

Da minha vida não sei. O que será e tal. Periga pintar cadeia? Serve de exemplo pra mim. Ou de maior maldade. É o que vier. Aí um cara faz o mesmo? Garra uma de minha irmã, usou ela? No dia em que eu encaro o tipo, fatal. Não falo pra ninguém, não. Vou e mato bem morto. Certo?

Aí volto pra rua e tal. E fico zoando. Uma moça? Foi, sim. Teve essa fita. Andando num caminho sem gente, trombei com ela. Muito pirado. Aí, aconteceu. Se estava de barriga? Não fiquei lá pra saber.

Essa outra me conheceu? Acho que tem esse lance. Eu ia passando na estrada, ela vinha vindo. Pedi horas pra ela.

Comecei a trocar uma ideia e tal. Feliz Natal, eu disse. Aí ela viu a faca: "Tá limpo. Num quero que me mata. Num quero é morrer." Eu usei ela. Fiquei com ela e tal. Dentro dos conformes. Com uma de menor? Nadinha a ver. Eu peguei e saí fora.

Raiva de ninguém, não. Neste mundo não tem amigo. Você tem de zoar mesmo. Estou pra tudo. Um fumo aí. Mais um bagulho. E umas. E outras. Aí fico meio doidão. Lá vem uma dona e tal. Trocar uma ideia. Feliz Natal. Tá limpo?

*fim*

ATENDIMENTO AO LEITOR E VENDAS DIRETAS

Você pode adquirir os títulos da BestBolso através do
Marketing Direto do Grupo Editorial Record.

- Telefone: (21) 2585-2002
  (de segunda a sexta-feira, das 8h30 às 18h)
- E-mail: mdireto@record.com.br
- Fax: (21) 2585-2010

Entre em contato conosco caso tenha alguma dúvida,
precise de informações ou queira se cadastrar para receber
nossos informativos de lançamentos e promoções.

Nossos sites:
www.edicoesbestbolso.com.br
www.record.com.br

EDIÇÕES BESTBOLSO

## *Alguns títulos publicados*

1. *As melhores crônicas*, Fernando Sabino
2. *Os melhores contos*, Fernando Sabino
3. *Baudolino*, Umberto Eco
4. *O pêndulo de Foucault*, Umberto Eco
5. *À sombra do olmo*, Anatole France
6. *O manequim de vime*, Anatole France
7. *O poderoso chefão*, Mario Puzo
8. *O último chefão*, Mario Puzo
9. *Perdas & ganhos*, Lya Luft
10. *Educar sem culpa*, Tania Zagury
11. *O livreiro de Cabul*, Åsne Seierstad
12. *O lobo da estepe*, Hermann Hesse
13. *O jogo das contas de vidro*, Hermann Hesse
14. *A condição humana*, André Malraux
15. *Sacco & Vanzetti*, Howard Fast
16. *Spartacus*, Howard Fast
17. *Os relógios*, Agatha Christie
18. *O caso do Hotel Bertram*, Agatha Christie
19. *Riacho doce*, José Lins do Rego
20. *Pedro Páramo*, Juan Rulfo
21. *Essa terra*, Antônio Torres
22. *Mensagem*, Fernando Pessoa
23. *As vinhas da ira*, John Steinbeck
24. *A pérola*, John Steinbeck
25. *O cão de terracota*, Andrea Camilleri
26. *Ayla, a filha das cavernas*, Jean M. Auel
27. *O vale dos cavalos*, Jean M. Auel
28. *O perfume*, Patrick Süskind
29. *O caso das rosas fatais*, Mary Higgins Clark
30. *Enquanto minha querida dorme*, Mary Higgins Clark

EDIÇÕES
BestBolso

Este livro foi composto na tipologia Minion, em
corpo 10,5/13, e impresso em papel off-set 63g/m² no Sistema
Cameron da Divisão Gráfica da Distribuidora Record.